RAMBO III

# 第一滴血 ③

## 义 不 容 辞

[加] 大卫·莫瑞尔（David Morrell）著

王晨 译

重庆出版集团 重庆出版社

版贸核渝字（2020）第196号

**图书在版编目（CIP）数据**

第一滴血．3, 义不容辞 /（加）大卫・莫瑞尔著；王晨译．-- 重庆：重庆出版社，2022.1
书名原文：Rambo III
ISBN 978-7-229-16331-0

Ⅰ．①第… Ⅱ．①大… ②王… Ⅲ．①长篇小说－加拿大－现代 Ⅳ．① I711.45

中国版本图书馆 CIP 数据核字 (2021) 第 254464 号

**第一滴血．3, 义不容辞**
[加] 大卫・莫瑞尔 著 王晨 译

出　　品：华章同人
特约策划：高朗出版公司
出版监制：徐宪江 秦　琥
责任编辑：王昌凤
特约编辑：张铁成 李子安
责任印制：杨　宁
营销编辑：史青苗 刘晓艳
封面设计：刘　怡 孙雪骊

重庆出版集团
重庆出版社 出版
（重庆市南岸区南滨路 162 号 1 幢）
北京盛通印刷股份有限公司 印刷
重庆出版集团图书发行有限公司 发行
邮购电话：010-85869375/76/77 转 810
重庆出版社天猫旗舰店
cqcbs.tmall.com
全国新华书店经销

开本：880mm×1230mm 1/32 印张：9.25 字数：232 千
2022 年 2 月第 1 版　2022 年 2 月第 1 次印刷
定价：45.00 元

如有印装质量问题，请致电 023-61520678

献给马修（1971—1987）

——我爱你，儿子。

# 前言

在《第一滴血 2》的前言中，我讲述了那本书的幕后故事，以及它如何成为有史以来出版过的最不同寻常的改编小说，但是也许我的话说得太早了。现在我又思考了一下，实际上对《第一滴血 3》的改编才是同类作品中最不同寻常的。

事情是这样的：

《第一滴血 2》在 1985 年的阵亡将士纪念日首映，并掀起了国际性的兰博热潮。我没有夸大什么。在那个夏天，全世界每个地方都有兰博的身影。这部电影打破了票房纪录，观众对角色如此感兴趣，以至于我的改编小说不仅登上了《纽约时报》的畅销书榜，甚至还在《纽约邮报》（*New York Post*）和《波士顿先驱报》（*Boston Herald*）上连载。

卡洛可电影公司立即开始筹备第三部影片，他们极其罕见地决定让我撰写剧本（我和第二部影片的制作毫无关系，在这个行业，几乎从不会有人咨询原始资料的作者）。在两天的时间里，我见到了卡洛可电影公司的共同所有人安德鲁·瓦伊纳和马里奥·凯萨，还见到了他们的制作主管巴兹·费特尚斯。他们对故事概念（他们想拍关于人质的故事）和背景（他们想让故事发生在中美洲，当时很不稳定的一个地区）有明确的想法，我负责补充故事情节。下面是我们达成一致的故事：

陶德曼上校被派往一个与美国友好的拉美国家当军事顾问，但是在那里遭到革命分子的威胁。因为事态暂时还算平静，陶德曼的妻子和女儿陪伴在他身边，而且美国大使馆向陶德曼保证，可以将她们安全护送到各个旅游景点。然而叛乱分子占领了大使馆，陶德曼的妻子和女儿作为人质被扣留，陶德曼则在阻止叛乱分子时受伤。

镜头切换到身在美国的兰博，他正在一栋施工中的摩天大楼的楼顶。在《第一滴血 2》中，编剧认定兰博拥有一部分美洲原住民的血统（我的小说《第一滴血》没有提到这一点）。有些美洲原住民以在高处保持平衡的技巧闻名，并因此成了高层建筑施工项目的工人。我觉得这是一种有趣的人物呈现方式，让主人公身处一座巨大城市的顶点，仔细俯瞰着地平线，身处他渴望的孤独之中。

但是兰博在下到地面之后，听说了关于大使馆被占领的新闻报道，并了解到陶德曼的妻子和女儿都成了人质。理解兰博这个人物的关键是，他痛恨自己的本质以及自己能够释放的暴力。什么都不能让他再次拿起武器，除了他对那个被自己视为父亲的人的忠诚。在我的小说《第一滴血》中，我们了解到兰博的生父殴打他的母亲。在我为第二部影片撰写的改编小说中，我增加了一些细节，即在他母亲死后，兰博参加了陆军，志愿加入特种部队，并引起了陶德曼的注意。兰博和他的关系很复杂，陶德曼是他希望自己拥有的父亲。

然后剧本让兰博决心救出陶德曼的家人。当叛乱分子将人质从大使馆转移到位于丛林中的基地时，在一幕场景中出现了诡异的玛雅遗址，兰博不顾幽深的峡谷和湍急的河流，紧紧地追逐叛乱分子，引出一连串激烈的动作场面。对我而言，这份剧本的主旨集中体现在故事的最高潮也就是营救过程中，陶德曼的妻子用行为表明她的确是特种部队上校的妻子。陶德曼教过她怎样使用自动武器。在一幕场景中，她和兰博肩并肩地站着，一起向敌人开火，身边响起巨大的爆炸声。叛乱分子威胁了她的女儿，她向上帝起誓要报复他们。

在 1986 年初，这还是一种不常见的理念。没错，在 7 年前雷德利·斯科特（Ridley Scott）导演的影片《异形》（*Alien*）中，西格妮·韦弗（Sigourney Weaver）扮演了一位强势的女性动作角色。但那是例外。詹姆斯·卡梅隆的《异形 2》（*Aliens*）和《终结者 2》（*Terminator 2*）还没有出现，这两部电影的女主角展示出了更强大的战斗技能。《兰博》系列电影的制片方看了我的剧本之后，对拍摄端着冲锋枪的女性角色疑虑重重。他们尤其担心这部影片在亚洲国家的反响，按照传统，那里的女性应该表现得更顺从。

交付剧本之后，我开始继续写自己没写完的小说《夜雾社团》（*The League of Night and Fog*）。不知不觉，时光流逝。对于电影工作室，编剧往往排在通知名单最后的位置，所以没有得到卡洛可电影公司的消息，我也没觉得奇怪。1 年之后，我听说《第一滴血 3》很快就要开始拍摄了。

很好，我心想。

不过有个细节的确让我困惑。制片方原本计划在牙买加拍摄我的剧本，用它充当某个政局不稳的中美洲国家，但此时公布的拍摄地点变成了以色列。

奇怪，我心想，以色列可没有丛林。

但是以色列有沙漠和山，能够替代阿富汗的景色。让我惊讶的是，阿富汗成了新电影的主题。不过我知道电影工作室同时开发不同的故事是常见做法，这让我的惊讶减少了一些。卡洛可电影公司雇我写剧本，这并不意味着其他人没有被雇来写剧本，而其中一份剧本是这部电影的明星主演西尔维斯特·史泰龙和别人合写的。

我询问制片方这是怎么回事，他们解释说，有了前两部在森林和丛林中拍摄的影片之后，他们现在觉得一部沙漠电影能够提供不一样的东西。阿富汗当时是引人瞩目的战争地区，政府军与反抗军之间的战斗引发了苏联的介入。这个主题有大量的媒体报道，而且还会引发关于美国秘密参与这场战争的争议，比中美洲的革命分子更吸引人。

和《第一滴血 2》一样，制片方想用改编小说为他们的宣传活动造势，因为只有我才能合法地撰写关于兰博的图书，他们再次请我做这件事。这一次，我没有考虑太久就答应了。在写上一部改编小说时，我很喜欢这个给兰博创造新内涵的过程，这次也很愿意重复这种体验，可以将我那份未被采用的剧本里的角色的特点融入进来。

但是制片方寄过来的材料足够写一本书吗？它的情节是这样的：在越南又一次经历了战斗的折磨之后，兰博跑到泰国的一座佛寺里躲了起来。陶德曼找到他，请求他伸出援手，加入前往阿富汗边境的行动。兰博拒绝了。陶德曼被抓住了。在内疚感的驱使下，兰博动身前去营救他。

到目前为止，听上去很像那部最终上映的电影，但不只是这些。兰博与一个阿富汗部落会合，并遇到一位 40 岁的荷兰女医生，后者在那里照料战争中受伤的儿童，她的名字是米歇尔。故事情节并未暗示她和兰博之间有浪漫关系，他们的关系是两个被战争磨砺的老兵彼此间的尊重。兰博从一处要塞中救出陶德曼后，对手出动了每一辆坦克和每一架武装直升机追赶他们，迫使村民四处逃散。

在故事的高潮，兰博、陶德曼、米歇尔和村民们杀出一条血路，安全地回到了巴基斯坦。

这个故事的情节非常宏大，以至于制作团队的一些成员叫它“阿拉伯的兰博”[1]。我有很多工作要做，包括在兰博新的目的地和曾经踏上的战场之间找到相似性。剧本将苏联军官们刻画成了单纯的恶棍，但我决定让部分苏联军官富有同情心，将他们处理成与兰博对应的人物，都在各自的战争中受到了伤害。

写了 20 页之后，我收到第 2 份剧本，米歇尔和孩子们的角色被减弱了。

我又写了 20 页，然后收到第 3 份剧本：米歇尔和孩子们变成了更次要的角色。

我继续写。第 4 份剧本送达。米歇尔和孩子们不见了，一场很棒的沙尘暴事件也消失了。另外一个充满戏剧性的场景也消失了：反抗军的骑手用绳子绑住兰博，朝相反的方向骑，试图撕开他的身体。

第 5 份剧本来了。第 6 份。第 10 份。第 12 份。我桌子上的文件越摞越高。每个版本都比之前更简单，直到只剩下故事的精髓……陶德曼被抓。兰博试图营救他，失败了。兰博再次试图营救他，成功了。第 3 部分和第 2 部分基本一样，只是结果不同。

我给制片方打电话，问他们还要给我寄几份剧本。

“我们也不确定，”他们说，“预算需要削减，斯莱还想重写。”

“但是如果我每周都收到一份不一样的剧本，我就赶不上交稿的截止日期了，每一份新剧本都意味着我需要重新开始。”

---

[1] 此处是说兰博的经历就像经典影片《阿拉伯的劳伦斯》中的主角劳伦斯。

“你一定要赶上截止日期，改编小说是宣传活动的一部分。”

“那就让我用第 1 份剧本，我根据那份剧本写的内容比较多。书和电影不会一样，但你们能辨认出基本情节。”

制片方理解我的困难，同意了我的要求，这让我松了一口气。我带着比任何一位改编小说作者更多的自由，继续进行改编的工作。最终这本书和第 1 份剧本的差异就像那份剧本和最终电影的差距一样大。

一场家庭危机让这份工作成了分散注意力的好事。几个月前，我 15 岁的儿子马修从高中放学回家时，感觉右侧胸膛里面剧烈疼痛。一开始像是肌肉拉伤引起的，但是随着疼痛的持续，妻子和我带他去看了医生。医生认为他得了胸膜炎，一种肺部周围膜状组织的感染。这次诊断是误诊。当疼痛更加剧烈时，马修照了胸部 X 光片，结果发现他的肋骨内侧长了一个葡萄柚大小的肿瘤。

在这部改编小说写到一半的时候，马修每 3 周就要住院 1 周，在医院接受化疗，来治疗这种名叫尤因肉瘤的罕见骨癌。每天去医院看他之后，我再回到我们的房子继续写作。在他可以回家的时候，妻子、女儿和我都来到他的卧室陪着他，看着他无力地躺在床上休息。当他睡着之后，我就回到兰博在阿富汗的探险之中。如果停止多年以来我每天都在做的事，那对马修来说将是一个可怕的信号，说明我不抱希望了。

实际上，恐惧主宰了我的情感，死亡占据了我的脑海，也许这就是我按照自己的方式塑造了这本书的原因。在前一部改编小说的开头，我让兰博一边在监狱采石场砸石头，一边冥思禅宗佛法，那是他从一名在越南战争中帮助过自己小队的山地部落成员那里学到的。我以类似的方式设计了《第一滴血 3》的开头，兰博拿着禅宗之弓，冥思佛教的四大真理[2]。第一个真理是他理解得最深刻的：生活就是受苦[3]。我的家人——当然包括马修，他在我写完这本书之后不久就去世了——也理解这个真理。（我写了一本关于这件事的回忆录，书名是《萤火虫》[*Fireflies*]。）

生活就是受苦。

鉴于这种情况，宗教在这本书里占有突出地位并不奇怪。在《第一滴血 2》中，读者了解到兰博复杂的背景让他拥有三种信仰：罗马天主教（来自他的意大利父亲），纳瓦霍人的宗教（来自他的美洲原住民母亲），以及佛教。这一次在阿富汗，一个穆斯林的国度，他认识了伊斯兰教。在调研中，穆斯林对命运的看法让我着迷，我决定将它作为这本书的主题：恨自己的兰博将如何找到自己的命运?

《第一滴血 3》在 1988 年阵亡将士纪念日周末上映。几乎在同一时间，苏联从阿富汗撤军，也许他们知道兰博来了。由于话题已经过时，这部电影得到的反响可能不如将它（按照最初计划的那样）设定在中美洲，当时的中美洲地区仍然动荡不安。讽刺的是，几乎四分之一个世纪过去之后，阿富汗再次成为战争地区，这个主题又变得恰逢其时了。

虽然主题不再出现于新闻头条，但《第一滴血 3》仍然吸引了大批热情的观众。即使按照今天的标准，它的总收入也是非常可观的：1.89 亿美元。如果这是唯一的因素，这部电影会被视为在票房上大获成功的作品，但它的预算高达 6700 万美元。为了给《花花公子》（*Playboy*）杂志介绍这部电影的简况，我在位于以色列埃拉特市附近的电影片场

---

[2] 即佛教四谛。

[3] 即苦谛，众生皆苦。

待了 1 周，制作规模把我惊呆了。几百名临时演员骑着骆驼，一直排列到我目力所及的远方地平线上的断崖。来自众多国家、说着不同语言的人员让协调变得非常困难，每一场拍摄都需要漫长的前期准备。负责供应食物的人需要准备好几份不同的套餐，小心谨慎地注意犹太人和穆斯林各自的宗教和饮食需求。沙漠如此炎热，以至于制作团队中部分成员的全职工作是确保每个人随时都有水喝。

考虑到所有这些，这部影片的拍摄成本没有超过 6700 万美元倒是让我惊讶。因为电影院、发行商和宣传都需要花钱，所以通常认为票房需要达到拍摄成本的三或四倍，影片才能开始盈利。就让我们将盈亏平衡点估计为 2.2 亿美元吧，但实际收入只有 1.89 亿美元，因此《第一滴血 3》常常出现在票房回报巨大却仍然亏损的高成本大片名单里。卡洛可电影公司拍过很多热门影片：除了《兰博》系列电影，还有《全面回忆》（*Total Recall*）、《终结者 2》，以及《本能》（*Basic Instinct*）。但它也制作过你可能根本没听说过的影片：《飞离航道》（*Air America*）、《尼罗河之旅》（*Mountains of the Moon*），以及一部讲述查理・卓别林生平的优秀传记电影，由小罗伯特・唐尼（Robert Downey Jr）主演，理查德・阿滕伯勒（Richard Attenborough）执导。最终，公司的亏损超过了盈利。卡洛可电影公司的最后一部电影是《割喉岛》（*Cutthroat Island*）。这是一部海盗电影，吉娜・戴维斯（Geena Davis）主演，导演是她当时的丈夫雷尼・哈林（Renny Harlin）。它的预算是 9800 万美元，但票房回报只有 1000 万美元。1995 年，在《第一滴血》上映 13 年后，该电影公司宣布破产。

在一场拍卖中，米拉麦克斯电影公司（Miramax）获得了制作兰博续集电影的权利。这倒让我觉得好笑。现在拥有兰博的，是一家以艺术电影如《英国病人》(*The English Patient*)闻名的公司。1997年，我接到了米拉麦克斯电影公司制片人的电话，他解释说他们在开发一部新的兰博电影时遇到了麻烦，想问问我愿不愿意飞到纽约见面讨论一下角色，我欣然应允。和我见面的团队里有著名的韦恩斯坦兄弟中的一个(我想不起来是哈维还是鲍勃了)，而我很快就弄清了他们遇到麻烦的原因。他们误解了这个角色，以为兰博是个雇佣兵，只要花钱就能让他开枪，实际情况正好相反。正如在系列影片中描述的那样，兰博是个不情愿的枪手，他需要一个正当的理由才愿意回到战斗中，而且他绝对不会为了牟利而战斗。在《第一滴血》的小说中，他的情绪甚至更极端，是愤怒和憎恨的结合，因为他发现了关于自己的真相。

米拉麦克斯电影公司让我准备一份描述兰博个性的长篇文档。然后，就像在电影界经常发生的那样，米拉麦克斯电影公司的注意力转移到了别的地方。2005年左右，他们将电影版权卖给了千禧年影业(Millennium)，这家工作室出品了第四部影片，影片的名字《兰博》(*Rambo*)可能会让有些人困惑，他们觉得第一部也是这个名字。在拍摄之前，史泰龙给我打电话说，现在回头看，他觉得第二部和第三部对暴力过于美化，而他打算让角色回到我在小说里描述的兰博：愤怒于自己的杀人技能，被自我憎恨消耗。在第四部影片中，很多时候兰博都在洗手或者站在暴雨中，试图将自己清洗干净。在一场令人震惊的自言自语中，兰博对自己说："承认吧，你不是为了你的国家杀人，你是为了你自己杀人，因为这一点，上帝永远不会原谅你。"

我常常被问到，为什么没有给第四部影片写改编小说。答案是在第四部影片上映的2008年，图书界发生了巨大的变化。我之前已经解释过，改编小说之所以大受欢迎，是因为在DVD、有线电影频道和互联网流媒体出现之前，喜欢热门电影如《星球大战》和《E.T. 外星人》的人们，在这些影片下映之后无法再便捷地看到它们。要想再次回顾故事，粉丝们需要读改编小说。但是现如今，几乎每一部电影都能很方便地观看。改编小说没了需求，制片方对它们的创作也就失去了兴趣。

重读多年之前写的书是有趣的体验，虽然你将读到的内容是基于其他作者写出的剧本改编的，但我对它做了改动、扩展、增补和阐释，直到故事基本上变成了我自己的。在这本书里，关于兰博的一些东西是任何一部电影都没有拍出来的，《第一滴血 3》的改编小说展示了这部电影本来可能会有的情节和主题。

## 作者说明

在我的小说《第一滴血》里，兰博死了。在电影里，他活着。

CONTENTS 目 录

# 铁砧

# 1

生活就是受苦。

兰博沉思着佛教四大真理中的第一条真理，握住了那张漂亮古弓。这把弓是竹制的，表面做了抛光处理。他将它放得很低，靠在身体左侧，然后闭上眼睛，凝神呼吸，试图压制自己灵魂中的骚动。他肌肉发达的身躯在颤抖，强壮有力的胸膛和后背时而扩张，时而收缩。在泰国曼谷的这座佛寺里，头顶高高的尖屋顶从他的脑海中消失了，就像在闭上眼睛时它们从他的视野里消失一样。佛寺漂亮的金色尖顶不复存在，映在砖瓦和大理石上的落日余晖也消散了。

但是其他感觉还持续着。风铃叮当作响，香火的气味钻进他的鼻孔，手里握着的弓很有分量。兰博沮丧地发现自己不能屏蔽每一种干扰，他睁开了眼睛，全神贯注地盯着他的目标。

那是一块 6 英寸 [4] 见方的木板，嵌在一大团又厚又密的稻草里，固定在 30 码 [5] 外院子那头光滑的石头墙壁上。兰博盯着木头方块，直到它看起来在变大并逐渐向他拉近且充满他的视野为止。此刻，他听不见风铃的声音，闻不到香火的味道，感觉不到弓的重量。寺庙的金色尖顶、落日的余晖、念晚经的僧侣，一切都不存在了。只有目标

[4] 1 英寸 =2.54 厘米。

[5] 1 码≈ 0.91 米。

还存在着。同样存在的，还有兰博极为痛苦的灵魂。

众生皆苦，这是佛祖的教诲。

兰博对这一点深有体会。他背上和胸口上纵横交错的伤疤、右侧二头肌上锯齿状的伤疤、左脸颧骨上部往下延伸的伤疤，所有这些和其他如此之多的伤疤，是刺刀、子弹、匕首、铁丝网、烈火和弹片留下的，它们都是说明佛祖这一真理的充足证据。

生命就是苦难。

兰博盯着前面的目标，再次感受到越南带来的痛苦……丛林里的炎热、虫子和水蛭……数不清的交火……似乎无穷无尽的混乱中的尖叫和爆炸，武装直升机和曳光弹，迫击炮、地雷和手榴弹，四处迸溅的血浆，支离破碎的人体。

他再次回味了自己的被捕，6个月的折磨，还有极度痛苦的逃亡。但是一场战争过后，取代它的是另一场战争。

在美国。

那个警察！他为什么非要管我呢？我只是想要我争取到的东西：自由。只要我不碍着任何人的事，我就有想去哪儿就去哪儿、想干什么就干什么的自由。为什么他非要苦苦相逼呢？

但是你把他逼得更狠，兰博的头脑里有个声音对他说。

我别无选择！

一开始你有，你可以按他说的做，你可以继续往前走。

我在越南战斗就是为了这个？让我回国以后被人找麻烦？我有权利！

你当然有，而且你给了那警察一个教训，让他不要冒犯你的权利。但是，在你把他的小镇炸掉之后，当他们把你关进监狱里时，你还有什么权利？在采石场砸开石头的权利吗？感觉牢房的墙壁向你逼近的权利吗？如果不是上校信守诺言，把你弄了出来……

上校。是的，兰博露出一丝微笑。上校，陶德曼，训练他的人，在越南指挥他作战的人，对他而言像父亲一样的人，他唯一信任的人。

由于陶德曼的干预，兰博才有机会从当局手中重获自由，代价是同意重返地狱，回到越南，回到他曾经遭受折磨的那座战俘营，救出仍然被关押在那里的美国士兵。他成功完成了任务。在那场战争结束多年之后，他终于赢了。他甚至还击败了另一类敌人，伪善制度的一名代表，正是这种制度在那场战争中将美国士兵投入战场，却没有给他们获得胜利的途径。

噢，是的，他已经完成了自己的任务。

但代价是多么大。不只是对身体而言，真正受到伤害的是他的灵魂，因为每当他杀人或者看到别人被杀，他的一部分也随之死亡了，而上帝知道他承受了许多死亡。

特别是其中的一次死亡，几乎将他摧毁。她的名字——回忆对他来说是种折磨——蔻，一个 30 出头的越南女人，拥有富于欺骗性的娇小身材和面容，娇小可爱，是兰博跳伞回到越南时的接头人。她帮助他救出了战俘，她甚至救了他的命。

而在这个过程中，她教会了兰博以为自己不可能做到的事，去爱。

但是没有时间去爱，因为蔻被杀死了。

而兰博能够活下来，是因为愤怒给了他力量。蔻虽然死了，但她又一次救了兰博的命。

他心中满是悲痛和绝望，有力的胸膛上下起伏。他站在寺庙的院子里，握着弓，盯住 30 码开外的目标。他的冥想成功了，目标成为一切。

只有一件东西例外。他脖子上挂着的皮绳，上面有个小小的佛像。

这个挂坠曾经属于蔻，是兰博从她的尸体上取下来的。它压在他的喉咙上，像一团火。

# 2

受苦，是因为希望得到并非永恒的事物。佛祖的第二条真理。

兰博将一支 3 英尺[6]长的箭搭在 6 英尺长的弓上。他遵从禅宗弓箭手千百年来的拉弓之道，笔直地向前伸出双臂，与双眼平齐。他用左手握住弓，右手拉住弦，双臂均匀发力，缓缓地将两只手向左右两边分开，弯弓引弦，拉开利箭。即便他使用传统的拉弓方式——那是他还是个孩子时，在亚利桑那州的纳瓦霍人保留地师从一位巫医学来的，将这把弓拉开也会极度困难，因为它需要 100 磅[7]的力气，只有像兰博那样体魄超凡的人才能做到这一点。

故此，以非传统的禅宗方式拉弓让这项任务变得更艰难。他的手臂肌肉在颤抖，汗珠从额头滴落下来。

众生难免一死，他心想，一切具体之物都会分崩离析。

战争证明了佛祖的智慧。在这个充满暴力的世界，从某个人或者某件事物中寻找幸福注定会让人失望。因为物体会爆炸，而人会被子弹打中。

就像蔻被子弹打中一样。

他用尽最大的力气伸直手臂，将弓往左边拉，将箭往右边拉。在

[6] 1 英尺 =30.48 厘米。

[7] 1 磅≈ 453.59 克。

一般状况下，他会失败的。但是冥想带来的专注让他将精神和肉体融会贯通，这使他的能力得到加倍。

或许这只是精神的力量在起作用。如果佛祖是对的，那么一切具体之物都并非真实，包括这把弓。只有精神才是真实的，拉开一把想象中的弓。

发力让他的身体颤抖起来。他将双臂分开到 3 英尺远，这是箭的全长。弓现在拉满了，再加上弦的弧度，几乎构成了一个圆形。它代表圆满，神的无所不包，神就是所有。

他保持着这个令人痛苦的姿势。汗不再是滴答，而是顺着他坚毅的轮廓倾泻而下。

# 3

摒弃非永恒的事物，受苦就会停止。佛祖的第三条真理。

任何物，任何人，都无法带来幸福。在充满暴力和痛苦、毁灭和死亡的世界，只有永恒的目标才值得追求。

爱上蔻注定会让他为蔻悲痛，因为即使不是在 1 年前死去，她也会在之后的某个时候死去，这是最终的结局，而对于每一种正面情绪，将来都有一种同样强烈的负面情绪与之对应。

但是如果佛祖是对的……兰博几乎无法集中注意力……如果佛祖是对的，那就不存在未来，只有现在。

这是不是意味着对某个人的爱，即使只有 1 秒钟，也应该抓紧并珍惜，因为那 1 秒会持续直至永恒？

他想尖叫。他用力将弓和箭拉开的动作让弓离胸口更近了。在巨大的力量之下，它在兰博胸前颤抖着。箭头指向他的左边，左肩与目标对齐，他要做的只是向左扭头，双眼盯住射向目标的箭。

# 4

寻找永恒，持久存在之物。佛祖的第四条真理。

但是现在他需要从自己的痛苦中解脱出来！

你想要什么！

安宁！

他松开弓弦，箭带着惊人的力量向前飞去。弓弦振动着，嗡嗡作响，响应着宇宙的脉搏。

他并没有怎么瞄准，但在心中为箭设定了路径。他的灵魂、弓、弦、箭与目标达成了某种神秘的统一。

箭不但击中了目标，还把它射成了两半，锐利的重击威力强大。木块裂成两半掉落在院子里，回声通过墙壁传入兰博的耳膜，令他感到大脑似乎被穿透了。时间在延长。

膨胀。

加深。

停滞。

此刻变成永远。现在就是永恒。

# 5

伴随着一声心跳，时间重新开始。

兰博将弓放下，慢慢呼出一口气，摇了摇头，活动了一下肩膀，逐渐认出周围的事物，寺庙的砖瓦和大理石，风铃和香火。在院子另一端，一座巨大的金色佛像在夕阳的照耀下熠熠生辉。这位伟大的教诲者双腿交叉盘坐，双手放在膝盖上，似乎在向世间宣讲永恒的真理。

兰博向它走去，在宏伟的佛像面前感觉到自己的渺小。他在佛像面前停住，低下了头。虽然拥有一半的意大利血统（被培养成了天主教徒）和一半的纳瓦霍血统（被鼓励加入自己部落的宗教），但他还钻研了一位山地部落向导的佛教信仰。当兰博所属的 A 小队在北越遭到伏击时，是这位向导救了他的命并治好了他的伤。

痛苦不是真实的，它并不存在。除了精神之外，所有一切都基于幻象。

在炼狱般的世界，这种理论很有吸引力。但是不管理论怎样，炼狱仍然继续着。

我到底想要什么？他又在心里问了一遍。他的答案不再是喊出来的，而是低语。

安宁。

他在高耸的金色大佛面前转过身，感觉被凝视自己的目光盯住了。

目光来自对面的一位僧侣，一个泰国人。在越南经历了第二次磨炼之后，兰博在曼谷四处游荡，直到最终被这位僧侣收留，住在这座寺庙里。

僧侣开口说道："我的孩子，请原谅我，你并不是我们国家的人，你无法理解我们的方式，你认为你的信仰是什么？"

"禅宗。"

"建立在什么基础上？"

"佛祖……在他成为一个智者之前……他是一名战士，我也是一名战士。"

"然后呢？"

"我全心全意地选择智慧，而不是战争。"

# 6

锵！

笨重的锤子击打着烧红的金属板，发出震耳欲聋的响声，声音高亢而洪亮。烟雾缭绕的房间里回荡着雷鸣般的敲击声。

兰博右手握紧锤子，发出更有力的一击，同时左手也握紧了钳子，将泛着红光的金属板紧紧地按在古老的铁砧上。

锵！

这一下产生的冲击让兰博的身体颤抖起来。他再次向下挥动锤子。

又是一击！铁砧在他越来越有力的敲击下叮当作响，炽热的金属板在他的进攻下慢慢屈服。

它变扁了，向外扩张，开始呈现出一块铭牌的形状。

这种金属是青铜。几天之前，在这座古老的锻造厂的另一个区域，铜和锡按照七比一的比例熔融在一起。

还加入了少量锌和锰。熔融混合物被倒入模具，冷却硬化，变成金属块，等着被重新加热变软并承受兰博持续不断的敲击。

青铜。

古老又传奇的合金，坚硬而有弹性，坚韧结实，牢不可破。用这种材料做成的刀剑和盾牌，生命比仰仗这些武器的战士们更长久。

永恒的。

就像战争是永恒的。

但美也是永恒的。作为古老的文物，人类祖先佩戴过的青铜饰物和手镯历经沧桑岁月留存至今，和兵器一样持久。

他们要将刀打成犁头，把枪打成镰刀。这国不举刀攻击那国，他们也不再学习战事。

《圣经》的《以赛亚书》只是在做梦，各个国家学得最好的就是如何制造战争。

但我不要！兰博愤怒地将锤子重重地击在烧红的青铜板上，再也不要了！

# 7

传授他打铁本领的，也是母亲的部落里那个教他成为弓箭手的智者。

“寻找秩序和力量，”那位老人说，“将想法转化为行动。学会尊重工匠技艺，意识到将一件活儿干好看似容易，但实际上难得可怕。外表只是假象。这是铁匠应该铭记的。你周围的事物，虽然看上去如此永恒，却是无常的。一只马蹄铁可以是一只徽章，一把剑可以是一个犁头，只有金属里的精神是不变的。”

精神，纳瓦霍人的真理。它也是佛教徒的真理。

在离开纳瓦霍人保留地的这些年，他已经忘记了在那座村庄炽热的打铁作坊里按照那位智者的教导劳动时感受到的满足：有益的劳作带来的快乐，有产出的努力带来的尊严。但是1周之前，当佛寺的宁静氛围也不能让他远离心魔时，他突然想起了自己的童年，还有那位当过自己第一任老师的很像一名僧侣的智者。

遁世并不是答案。世界不是真实的，除非它是上帝有意让他面对的幻象。

他需要行动，干点儿什么，施展力量。他的肌肉因为等待着投入运动而发疼。但不是制造战争，而是制造美。

在曼谷狭窄拥挤的街道上徜徉时，他发现了这个坐落于河边的青铜锻造厂。他几乎是不由自主地走了进去，里面气味刺鼻，十分吵闹。

作为一个白人，他遇到了阻力。但是锻造厂老板不停地打量着兰博的肌肉，琢磨着也许有机会用比雇其他工人更少的钱雇下这个愣头青，他决定给兰博一个证明自己的机会。2天之内，老板意识到自己占了个大便宜。

火星飞溅，折磨人的高温让兰博赤裸的上半身汗如雨下。随着肌肉的屈伸，豆大的汗珠洒在他锤击的炽热金属上，嘶嘶作响。

他想用足够多的痛苦来忘记。

忘记蔻的死。

忘记战争。

忘记他最擅长也最痛恨的事。

但他忘不了。

锤子击打着铁砧上的青铜，发出的声音让他想起爆炸和炮火声，让他回忆起了折磨人的类似的锵锵之声！那是另一种锤子砸在另一种金属上……在监狱采石场里，长柄大锤砸在插进大石头裂缝里的钢钎上。那是他遭受的惩罚，因为他在那个不喜欢他的样子的警察面前维护了自己的权利。

他狠狠地挥舞着锤子。

锵！

我要的只是安宁。

锵！

但只靠冥想还不够。

锵！

他的第一位导师教给他的东西还不够。

我该怎么办？

# 8

人群的喧闹震动着仓库的波纹铁皮墙壁，让它们产生一阵阵回响，仿佛将要爆裂似的。吵闹声从窗户和门溢出来，飘在运河边的棚屋上空。附近酒吧和妓院的霓虹灯在夜空中闪烁。

在从锻造厂走回寺庙的途中，兰博停住了。他闻到了腐败的鱼、烂臭的垃圾，还有别的气味，更尖锐、更刺鼻——大麻。他转身看向飘浮在头顶的烟雾，看向飘出烟雾的仓库大门，里面的人发出大声的叫喊，仿佛烟雾是被用力的叫喊逼出来的。他皱了皱眉，继续沿着运河往前走。

但是更大的喧闹声让他再次停下脚步。在从门口喷出的烟雾中，朦胧的灯光映照出扭曲变形的人影，让他想起地狱里的灵魂。就像之前不由自主地走进那个青铜锻造厂一样，他走进了仓库的门。

这栋建筑很大，又高又宽，铁皮墙壁锈迹斑斑，吊在天花板上的灯泡在打着旋的烟雾中发着光。至少有 500 人挤在这里。他们推搡着，尖叫着，一口一口地抽着名为“泰国小棍”的大麻香烟，挥舞着攥住钱的拳头。

4 个东方人穿着花哨的制服，站在一块空地的四边，对人群叫喊着，抓住他们递过来的一叠叠钞票，再不情愿地将自己的钱递过去。庄家、赌博经纪人、比赛的承办者，这场景让人想起斗鸡、斗狗和斗野猪。

但是站在庄家中间的不是动物，而是两个人。除了缠绕在腰间的布，他们全身赤裸。汗水让他们结实的肌肉闪闪发光，肾上腺素让他们期待胜利，仇恨让他们眯起眼睛。

兰博在仓库门的右手边看到一个木头板条箱，便爬了上去。从这个视线更好的位置，他看到这两个人都是赤脚，每只手都拿着一根8英寸长的棍子。

一个镶着金牙的裁判将一个扩音器放在嘴巴前面，发出一声尖利的叫喊。两个斗士正面相对，开始用腿脚和棍子攻击对方，引得观众阵阵高呼。

兰博厌恶地摇了摇头。人类发明新鲜残忍玩意儿的能力没有极限。这场战斗是泰拳和菲律宾短棍结合的自由搏击，两种致命的搏斗形式被融为一体，激发观众的赌博本能。

当短棍击中下巴，鲜血飞溅时，兰博从板条箱上跳下来，重新走进霓虹遍地的夜晚。运河散发出鱼的腥味。他沿着河边走，速度越来越快。

寺庙隐约出现在前方。

# 9

但是第二天晚上，在锻造厂将自己搞得精疲力尽之后，兰博发现自己正在沿着同一条运河快速走过。或许是走向同一座仓库？当他闻到大麻尖锐的气味并听到人群残忍的咆哮声时，他像昨天晚上一样停住了脚步。

他再次遵从冲动走进仓库，又观看了一场战斗引起的骚动。

他像之前一样转身离开。

但是第三天的晚上，无论他怎样抵抗，他还是回来了。

一晚又一晚。

仍是如此。

## 10

兰博将一根止汗带缠在额头上，他的对手正蹲在空地对面的角落里。观众叫喊着下注的声音，令他的耳朵嗡嗡作响。刺鼻的烟雾钻进他的鼻孔，他感到有点儿晕眩。

只要能得到安宁。

他按照亚洲人的方式蹲下来，做着深呼吸。如果我没有反抗那个警察，我就不会进监狱。

我就不会回到越南。

蔻就不会被杀。

金牙裁判宣布比赛开始。兰博的对手是个高大强壮的泰国人，他轻蔑地迈着大步走上前来，要击垮这个理想的敌人，一个弱鸡，一个愣头青。

兰博避开对手踢来的第一脚，挡住击向自己的木棍，以一只脚为支点转动身体，将另一只脚踢了出去。

但他并没有用尽全力，这一脚踢得不远。

我这是怎么了？

对手扭动身体躲开兰博这有所保留的一踢，以凶猛的组合攻击还以颜色，一根短棍直捣兰博的胸口，结着老茧的脚踢向兰博身体侧面。

兰博疼得踉跄着往后退。

他感到无力。

他的对手用一阵猛烈而残忍的脚踢和棍击把他打蒙了。

血从兰博的额头流下来，他的身体没有做出反应，就又被脚和短棍打中。又来了！他继续蹒跚着后退，举起手臂保护自己，他的意志仍然在抵抗着。

一记短棍重重地击打在他肌肉发达的胸膛上。他呼出一口气，本能在催促他反击。

但他无法逼迫自己，而且他突然意识到自己是为什么来到这里的——不是为了通过做自己最痛恨的事释放心中的魔鬼，他不是为战斗而来的。

他想要的是接受惩罚。

为他是这样的怪物接受惩罚。

为他反抗了那个警察接受惩罚。

为由他开始的一系列事件导致了蔻的死接受惩罚。

他用被鲜血模糊的双眼望向人群。在即将倒下时，他的目光落在一个突出得无法忽视的身影上。

他比仓库里的任何人都高，穿着美国军装，是这一大群东方人之中的唯一一个白人。

这个男人有一张瘦长的方脸，雪貂一样的五官透着精明，脸上有皱纹但仍然很英俊，散发出战士的光辉、指挥官的强硬和父亲的慈爱。

不！

## 11

山姆·陶德曼，美国陆军特种部队上校，此刻正以怜悯和绝望的复杂心情厌恶地看着被他当成儿子的人正在让自己被野蛮地殴打。兰博身上的淤青和伤口让陶德曼的身体也跟着疼起来。他是如此感同身受，甚至能尝到从兰博嘴唇边流过的鲜血又热又咸的味道。陶德曼感到极度不安，他想转过脸去。看到自己最好的学生，实际上是他有幸见过的最优秀的士兵，竟然拒绝保护自己，他几乎无法忍受。这个战士获得过自己的国家为勇气颁发的最高奖励——荣誉勋章。他怎么能拒绝做自己，拒绝遵从自己的本能和训练，拒绝展示自己超凡的技能？

但陶德曼知道自己不能转过脸去，不能向软弱屈服，一定不能夺走这个英雄重拾自尊的唯一机会。

我得继续看着，陶德曼心想，我要用我的注视让他振作起来。当兰博看见我的时候，他看上去很羞愧，他不想让我看见他正在对自己做的事。

如果我继续盯着……如果我表现出我的厌恶……

# 12

羞愧之下，兰博猛地将脸扭开，不去看上校灼人的目光。他的肩膀立刻吃了一击。这一击让他在原地转了半圈，于是他再次面对上校。

陶德曼眯起眼睛，眼神中是强烈的不赞赏，他的目光像激光一样灼烧着兰博的灵魂。

不!

对手无情的一脚踢中兰博的肚子，让他痛苦地弯下了腰。兰博脸朝下，眨了眨眼，在重影中看到从额头流下的血滴落在脚下肮脏的混凝土地面上。但他仍然能感受到陶德曼发着光的感到厌恶的眼睛。

击中兰博右肾的一记短棍让他往左边踉跄了一下，剧烈的疼痛让他几乎倒下。

人群咆哮起来。但有个声音更大——因为愤怒而沙哑，大声喊道："真见鬼，约翰，振作起来！"

当狞笑的泰国人用短棍打中他的肋骨时，兰博愤怒了。

1年前，在蔻被杀后，他对那些要为此负责的人释放的怒火是如此猛烈，让他以为已经将体内的愤怒永远清除出去了。复仇已经掏空了他。

或许这只是他自己的想法而已。但是现在他意识到，他的愤怒从未真正离开过自己，他的冥想和苦工只是压制着它，让它保持受控制。

现在不受控制了，某样东西在他体内爆发。

炽热的怒火肆意绽放。

他挡开瞄准自己牙齿的一根短棍，躲过向他腹股沟处踢来的一脚。当对手的大腿从身边掠过时，他用短棍猛刺了一下对手的大腿外侧。这一击瞄得非常准，打中了肌肉中的神经，对手的脸因痛苦而扭曲。泰国人趔趄了一下,用另一条腿撑住自己,并试图击打兰博的眼睛,分散他的注意力，好让自己能得到片刻宝贵的喘息，令麻木的腿恢复行动能力。

兰博侧身躲开这一击，朝对手的另一条腿打过去。但泰国人预料到了他的动作，一棍打在兰博的手腕上。兰博的一根短棍啪嗒一声掉落在地面上。惊讶之下，兰博顾不上去抓疼得要命的手腕，向后一跃，躲开了对手的又一次进攻。

受的伤让兰博的反应变慢了。被鲜血模糊的视线导致他对距离的判断出现错误。他用剩下的那根短棍再一次攻向对手，但是打偏了，划过对手一侧肩膀上方的空气。泰国人龇牙咧嘴，他受伤的腿恢复了行动能力，脸上的怪相也变成了之前的狞笑。

兰博侧身躲过又一记猛刺，但是和尖叫的观众撞在了一起。他失去平衡，倒在地上，打着滚躲过踢向自己脸的一脚，猛地站了起来。他向后一跃，躲过另一脚，再次撞向人群，但这一次叫喊着的人群分开了，惯性让他猛地撞在仓库的一面墙壁上。生锈的金属隆隆作响，仿佛要破裂了似的。

泰国人进攻了，飞舞的短棍快得看不清。

“看在上帝的分儿上，约翰！”上校喊道。

兰博发出一声骄傲的怒吼，猛地从墙壁上弹了回来。他旋转着身体发动进攻，一连串的脚踢和棍打让对手慌忙后退。

泰国人趔趄着向侧面躲避攻向自己受伤的腿的一击，弯腰躲避踢向心口的一脚。一记短棍打折了他的锁骨，疼得他猛地仰起头。

兰博钻到对手身下，踢中了他的那条好腿，同时朝他的后颈狠狠地来了一下。泰国人的前额重重地砸在混凝土上。他只剩下一半意识，趴在地上的血泊里呻吟着。

# 13

人群的咆哮声像发生了一场爆炸。仓库里一片混乱，到处都是叫喊的脸庞和猛烈摆动的手臂，被递出去和被接下来的钱，赢得和输掉的赌注。

兰博对周围的混乱视若无睹，只盯住仓库里唯一重要的人：陶德曼。陶德曼的眼睛眯得更厉害了，但这一次带着满意的神情。他点点头，表示尊重和赞许。

上校的嘴唇动了起来，构成无声的话语：干得好，约翰。

兰博将目光转移到地面。

被他击败的对手流着血，还在痛苦地扭动着身体。

我没有理由伤害你，兰博心想。

我想要的正好相反，本应该是你伤害我。

兰博蹲下来，用手摸了摸对手为痛苦所扭曲的汗水直流的背。

对不起。

但是他自己的手腕、额头和胸口也疼了起来，让兰博回想起这个男人为了毁掉自己，做了他能做到的所有事。

你尽力了。

就这样吧。

兰博站起身，仍然无视人群的躁动。有人把一叠东西塞进他手里，但这也不重要。他只注意到了陶德曼继续投来的赞许的目光。

兰博迫使兑换货币的人连连后退，从人群中开出一条路，去墙根拿他为了战斗而脱掉的牛仔裤和运动衫。他没有穿上衣服，而是直接朝出口走去，并模模糊糊地看到了接下来即将为了取悦人群而互相攻击的两个斗士。

他从充满大麻烟雾的仓库里走出来，大口大口地呼吸，用运河的鱼腥味取代里面刺鼻的烟雾。

酒吧和妓院的霓虹灯让他愤怒。

我在这里干什么？

求你了！上校，求你了，别跟着我！我不想让你看见我这样！我不想——！

“约翰，等等！”

# 14

兰博呆住了。车辆的噪声和夜晚的人声瞬间消退，世界消失了，仿佛真正存在的只有他和陶德曼。

兰博缓缓转身，他身上流着血，手里抓着衣服和别人刚刚塞给自己的东西。他用力清除视野里的重影，看清楚自己的指挥官，这个被自己视作父亲的人。

“好吧，”他耸了耸汗水和鲜血夹杂的肩膀说道，“上校，很抱歉让你看到我这个样子，我绝不想让你知道。但我现在是个平民了，你管不了我。”

“约翰，你和我不只是管和被管的关系。”

“那我们是什么？”

“家人。”

“是的，”兰博咽了一口唾沫，沙哑地说道，“是的。”他坐下来，靠在一个棚屋上，“那你来这里干什么？你是怎么找到我的？”

“凡事要讲个轻重缓急，约翰。先把你的衣服穿上。你在军队里看上去挺好的，但是出来之后，在这儿……”上校耸耸肩。

兰博几乎露出一个微笑：“我猜你要说我军容不整了。”他将运动衫搭在流血的肩膀上，解下缠腰布，换上牛仔裤口袋里的内裤，然后穿上裤子。

但是在这个过程中，他意识到别人塞进他手掌里的是钱，相当于两百美元，这是他赢得那场战斗的赏金："鲜血真是廉价。"

"你曾经怀疑过吗？"

"不，"兰博说，"从没有，我说——你是怎么找到我的？"

上校再次耸耸肩膀："我有办法。"

"也就是说——你找人跟踪我了。"

"我们必须保持接触。我需要知道你在干什么。"

"为什么？"

"我们很亲近，你和我。"

"恕我直言，长官，别管我。"

"现在该我问了。"

"问我什么？"

"为什么？"陶德曼向前走了一步，他抬起双手，似乎要抓住兰博的肩膀，"你为什么要毁掉自己？"

"为什么不呢？"

"约翰，你很特别。"

兰博发出一声嗤笑。

"特别！"陶德曼说，"1 年之前，你在越南第二次经历战火之后，当我问你将怎么生活，得到的答案只是'一天一天地过'时，我猜我最好盯着你点儿，看看你要干什么，现在我很高兴我这样做了。"

兰博举起手里攥着的钱，眼神充满讽刺："只是在讨生活。"

"你在摧毁自己。"

"那又有什么区别？"兰博问。

"区别很大。我说了，你很特别。"

“一个杀手？特别？”

“不是杀手，是战士。”

“我看不出区别。”

“是的，我知道，麻烦就在这儿。”陶德曼终于抓住了兰博的肩膀，“我的朋友，你是我认识的最优秀的士兵之一。现在不是告诉你我为什么在这里的时候，你累了，你得养伤。但是明天，我会对你说我想让你帮我做什么。”

“我不会听的。”

“你还不知道是什么事。”

“我可以猜到。它意味着痛苦，比我今天晚上尝试吃到的苦头更多的痛苦。”

“你无法拒绝你的命运。”

“佛祖不相信命运。”

“是的，”陶德曼说，“佛祖拒绝过去。他拒绝过去的结果，他相信此刻。但是我的朋友，现在你的情况很糟糕，所以我建议你明天仔细听，也许——只是也许——我知道怎样拯救你的灵魂。”

“我很怀疑，”兰博瞪大了眼睛说道，“但只是为了让你明白，我没有忘记你教给我的东西。我知道被跟踪了。我不用猜是谁下的命令。跟你说实话吧，我根本不关心。但是盯梢的人干得不错，跟你训练出来的人不能比，但还是干得不错，他值得奖励。”

兰博扭过脸，沿着散发鱼腥味的运河看向黑暗，准确地说是看向黑暗中的一个影子。

“过来，孩子。”

那个影子没有动。

“我说，到这儿来，孩子。两百美元，想想看，你1年也挣不了或者偷不了这么多钱。”

黑暗里毫无动静。

“好吧，”兰博说，“如果你不想要，那就给鱼花吧。”他举起手，仿佛要把钱扔进运河里。

影子动了。一个衣衫破烂的瘦弱男孩，是个泰国人，从一条巷子里走了出来。

兰博笑着说道：“拿去买蛋卷冰淇淋吧。”

那个紧张的男孩小心翼翼地靠近，朝两边看了几眼，抓起那卷钱就跑，消失在夜色中。

兰博心满意足地转身面对上校。

“我一直都这么说，约翰，你很有风格。”

兰博起身离开，走进重重人影中。

# 15

曼谷虽然雾霾深重，但早上的太阳依然刺眼。陶德曼从一辆缓慢行驶的出租车里向外窥视，看着拥堵吵闹的自行车、电动助力车、摩托车、三轮人力车、公共汽车和小汽车。空气中弥漫着浓重的废气烟雾,尽管出租车里已经越来越热,但他不想开窗。他的军装汗渍斑斑。为了分散注意力，他开始观察人行道旁边的小贩，惊讶于他们竟然没有被汹涌的人群挤到脚下。

坐在他旁边的人开口了，一向圆滑的声音此时充满厌倦：“以这个速度，我们还需要 1 个小时才能到，早知道我们应该走路。”

“走 5 英里[8]？”

“很好的锻炼。在华盛顿，我每天早上都沿着波托马克河慢跑。”

“但这里是曼谷，”陶德曼说，“一个充满一氧化碳的蒸汽浴室，你不会喜欢在这里散步的。”

陶德曼旁边的男人是个 45 岁的平民，穿着外交官的灰西装。他一边伸出手松了松自己的领口，一边说道：“这个出租车桑拿间也没有好太多，让司机把空调打开。”

“大概已经坏了，即使没有坏，司机估计也不愿意打开。空调浪

[8] 1 英里≈1.61 千米。

费汽油，而汽油在这儿很短缺。你看每次塞车的时候，他都会熄灭引擎。热是我们的问题，不是他的，他已经习惯了。”

这个平民用手帕擦了擦额头。他身高5英尺10英寸，体型微胖，留着一头神气的花白头发，长着一双官僚般精于算计的眼睛。“我希望这一趟不要白跑。你觉得他会配合吗？”

陶德曼沉默片刻：“看情况？”

“看什么情况？”

“看他拒绝接受自己的能力有多大。”

出租车加速了。司机在车流里看出一条缝隙，猛地插了进去，然后拐到一条小街上。10分钟后，他将出租车从一群骑自行车的人中间开过去，差点儿撞到一个推着装满蔬菜的小车的女人。最后，他们来到河边荒废破旧的工业区。

陶德曼从车上走下来。在他前面是一栋肮脏的大型金属建筑，烟雾正在从它的屋顶排风口喷出。

“记住，”陶德曼说，“他不会忍耐废话。”

“不是问题，我的特长是让废话听上去像好话。”

“相信我，他知道其中的区别。”

他们走进这栋建筑。陶德曼用泰语向老板说明来意。当他们经过雕刻和抛光青铜的工作间时，金属撞击在金属上的声音越来越大。越靠近锻造厂的核心，温度就变得越高。汗水从陶德曼的脸上滚下来。

那个平民敬畏地停下脚步：“上帝啊，那是他吗？”

一个强壮的西方人，健硕的后背因为劳作而筋肉虬结，此刻他正将一把锤子狠狠砸在一块炽热的楔形青铜上，青铜下面是一块古老的铁砧。

陶德曼自豪地点点头。

“我真没想到。”平民说。

“我告诉过你……”

“我以为你在夸大其词。”

“正相反，我说得很保守，他是独一无二的。”在兰博的锤击制造的巨大喧嚣中，陶德曼的声音几乎无法被听见，“你最好在这里等着。”

“看在上帝的分儿上，为什么？关于这次任务，我了解的情况比你多。”

“但你不了解他。”

# 16

兰博虽然背向锻造厂门口，手中锤子凶猛的撞击声盖过了所有其他声音，但他还是察觉到了不速之客的到来。他朝操作风箱的泰国人看了一眼，看见他眯起眼睛，眼神中充满疑问。

是白人，兰博得出了结论。他放下锤子，转身面向走过来的陶德曼。

上校尊敬地点点头："约翰。"

"我跟你说过别来这儿，长官。"

"你不是唯一固执的人。"

"看在上帝的分儿上……"

"约翰，如果我不是真心认为我想让你听的事情很重要的话，我就不会来了，但我还有一个更重要的原因。"

兰博等待着。

"你。"陶德曼说。

兰博的身体绷直了，他的肌肉不安地起伏着："我现在已经退役了，我不需要你负责。"

"我们一起经历了太多。"

"是的，"兰博说，"太多了。"

"我训练了你。我是有责任的，对你有责任。无论你退役与否都无关紧要，我们之间的关系是私人的。”

“我昨天晚上跟你说过了，别开口。我不想再次经历那些了。”

“昨天晚上你还说你会听的。”

“不，你没有听我说！我说我不会听！”

“见鬼，好好看看你自己！看看你正在对自己做什么！你迷失了！因为你不肯接受，不肯成为你自己！”

“我为什么要成为我恨的东西？”

“那不是恨！那是困惑！接受吧！”

“我的命运？昨天晚上我对你说了，我不相信命运。”

“是的，问题就出在这里。”

他们观察着对方。

“约翰，我是来请你帮忙的。我想让你和某个人谈谈。”

“门口那个穿灰西装的人？”

陶德曼沮丧地抬起双手。

“我能怎么办？我必须和体制打交道，但他要和你说的事情是非常重要的。我是以朋友的身份向你开口的。先听他说，他说完之后，如果你不想，大可以叫他滚蛋，但是请给我这个面子——”

“好吧。”兰博突然开口。

“什么？”陶德曼惊讶地眨了眨眼。

“这是为了你，没什么大不了，只是说话而已，但是上校，”兰博迟疑了一下，“如果我拒绝了他……”

“嗯？”

“不牵扯私人感情 。”

“很公平。”陶德曼的胸口一阵起伏，然后放松下来，“不过是我推荐你的，你要认真地听，约翰，诚心诚意地听。你答应吗？”

“我保证，但他最好有点儿说服力。”

“从现在开始，说服你是他的问题了。”陶德曼的嘴唇露出一个充满希望的微笑。

“无论如何，长官，我信任你。我希望我不会后悔这样做。”

“信任我，这是我想要的全部，约翰。”

兰博警惕地走向那个长着一双精于算计的眼睛的人，那是他从中逃离的体制的代表。

“这位是罗伯特·布里格斯，”陶德曼说，“他在美国国务院的情报部门工作。”

兰博的声音低沉下来：“噢。”

“他被派到我们设在曼谷的大使馆，但是他能影响到的范围——”

“没有必要说得太清楚。”布里格斯说。

“——大得多，是他帮助我找到你的。”陶德曼总结道。

“为什么？”兰博说。

“这么说吧，”布里格斯微笑道，“优秀的人总是很难找。”他用一块手帕擦了擦汗津津的额头，“我们能到更舒服的地方谈吗？”

兰博摇摇头：“抱歉，我还有活儿要干。”

布里格斯皱了下眉，又擦了擦额头的汗。“既然如此，”他斜眼看向兰博的泰国人助手，“叫他走开，我不想让我们的谈话被别人听见。”

兰博用泰语说了几个字，助手离开了。兰博叹了口气道：“好了，到底是什么事？我说了，我还有活儿要干。”

“如果你的态度是这样的话……”布里格斯的眉头皱得更紧了，“16天前，一名美国自由电视记者在阿富汗失踪了，当时他和他的纪录片团队正在试图进入作战地区。"

"自由电视记者？"

"有什么问题吗？"

"为什么我觉得这个身份是伪装呢？他是你的手下，对吧？他是个间谍吧？"

布里格斯的目光从兰博扫向陶德曼，再回到兰博身上。"我就不瞒你了，你说得对，他是我们的人。他的目标是将急需的武器和医药补给送到阿富汗反抗军手中。在这个过程中，他还应该搜集情报，拿到照片，包括任何能够确认苏军在那里有所活动的证据。我们怀疑苏联人正在策划针对反抗军的新攻势。他的定期报告未能提交，我们只能判断他和他的团队遇到了麻烦，我们很想搞清楚。"

"我理解。"兰博说。

"一个体面的国家前途未卜，最终整个中东地区也是一样。"

"我说了我理解——但这不关我的事。"兰博说。

"什么？"

"这不是我的战争。"

"约翰，那些自由战士面对着全世界最强大的武装直升机，而他们只有破破烂烂的、50年前生产的步枪！"陶德曼说。

"这和你有什么关系呢，长官？"

"我要加入他们。"

房间似乎在缩小。

"不，"兰博说，"你……"

"约翰，他们相信自由。我还能怎么办呢？"

"你已经打了你的战争！你已经赢得了你的勋章！让那些混蛋，

比如这个，”他用手指着布里格斯说道，“派别人去送死。”

兰博转过身，想要走回锻造台。

“约翰，我想让你和我一起去！去指挥这次任务！”

“你觉得我有多蠢？”兰博问道，“不可能让一个美国上校去冒进入阿富汗的风险。如果你被抓了，苏联人会在宣传上获得重大胜利，你的被捕会分散国际舆论的注意力，联合国会——”

陶德曼摇摇头：“我不会越过边境，我的任务是留在巴基斯坦训练阿富汗难民，让他们回国战斗。”

“那我要……？”

“和一支由阿富汗人组成的队伍穿越边境，查清那名记者的遭遇，完成他开始的工作。拍照，找到能够确认苏军活动的证据，一切有利于我们在舆论上获得优势的东西。”

“拍照？听上去很熟悉，不是吗？上一次让我干的也是拍照。政府会给我全力支持吗？”

陶德曼摇摇头：“这是机密任务。”

“当然，和上一次一样。如果我被抓了，我就是个自由行动的莽汉。政府不会承认，也不会帮助我。谢谢，但是我不去。这计划烂透了，长官。”

布里格斯震惊得扬起手：“我听说你应该是个优秀的士兵。”

“我什么也不是，”兰博说，“我的战争结束了。”

“噢，当然，”布里格斯说，“它今天不是美国的战争，但是明天呢？”

“明天不存在。”

“那是你的想法。明天，无论你相不相信它，我们将比你认为的更深入这场战争。”

“不包括我。”兰博走开了。

“但是——”布里格斯想要反驳。

“我已经尽了我的职责，现在该轮到别人了。”兰博伤感地看向陶德曼，“我只希望不是你，长官。”他有点儿喘不上来气，“你没有不高兴吧？”

“我向你承诺过，约翰。不牵扯私人感情。”

兰博感到胸口发疼：“谢谢。”他痛苦地吞了口唾沫，离开了房间。

# 17

“你看看！”布里格斯的语气像是在骂人，“你应该提醒我，你的英雄这么自命不凡，很显然我们刚刚是在浪费时间。”

“他有权利拒绝我们，”陶德曼说，“他再也不必听从命令了。”

“我基本上是在求他了。”

陶德曼耸了耸肩：“我们已经拿出了最有力的理由，他只是没有被说服。他已经赢得了不被打扰的权利，如果他不想，他不需要冒险。”

“这就是我说的浪费时间。冒险？他当然不愿意冒险。见鬼，你的战士失去了勇气。”

“你在说什么？”

“1 年前的那次任务超出了他的承受能力，他的胆子变小了。他不肯回去战斗，因为他是个懦夫。”

陶德曼愤怒得毛发直竖：“那个男人为国家所做的牺牲，比你和我加起来还多，而且——”

“我没有否认他过去做的事，我研究过他的档案，他的军旅生涯令人印象深刻。”

“印象深刻？1 枚杰出服役十字勋章，2 枚银星勋章，4 枚铜星勋章，4 枚越南英勇十字勋章，5 枚紫心勋章，还有那枚荣誉勋章！你说得当然没错，令人印象深刻。”

“你说的每一点我都记得。重点是，那都是历史。我关心的是现在和明天，而不是上个月或者 15 年前发生了什么。”布里格斯说。

“你这个混蛋”

“一个务实的混蛋。这个世界很糟糕，如果每个人都退出……看看你自己，上校。你已经战斗得够多了，但是你仍然回来继续战斗，不像你以前的战士。”

“这并不意味着我比他更勇敢。”陶德曼说。

“那意味着什么。”

“我是个傻瓜。”

“那我要因为傻瓜们的存在感谢上帝，上校。你最好现在就动身，明天你就应该在巴基斯坦了。”

# 大使馆

# 1

山口狭窄陡峭。陶德曼几乎从未见过如此崎岖和险恶的地形。尽管群星闪烁，山间小路仍然接近完全的黑暗。与其说是看到，更不如说他是感觉到了黑黢黢的巨石和排成一列的人马那鬼魅般的黑影。黑夜让声音更加明显——风尖啸的声音，马蹄刮擦石头表面的声音。用来固定马背上板条箱的绳索绷得紧紧的，吱呀作响。

高山上稀薄的空气让陶德曼感到头晕目眩，胃里一阵恶心。尽管肩上裹着一条羊毛毯子，他还是冷得瑟瑟发抖。地上的一块石头绊了他一下。他在重新掌握平衡时，突然听到一个新的声音，是低沉的轰隆作响，令人心惊。他顿时紧张起来。这个声音陌生而不自然，是从前方传来的，他的心怦怦直跳。声音迅速靠近，变成了轰鸣。

这队人马猛然停了下来，部落成员彼此呼喊着。虽然陶德曼听不懂他们的语言，但不需要翻译他也知道他们在恐慌地喊着什么：快隐蔽！

见鬼，去哪儿隐蔽？陶德曼一边想着，一边紧张地观察四周的黑暗。山口一片荒芜，这里的山石不可能将这队人马藏住，躲过呼啸而来的死亡。轰隆隆的声音愈加震耳欲聋，陶德曼感觉到周围到处都是慌乱移动的影子。部落成员跳下马，强迫它们躺在地上。

陶德曼不明白他们为什么要这样做，他赶紧照着部落成员的样子做，他的脉搏剧烈地跳动。他将身体缩成一团，把毯子拽过来盖在头上，然后一动不动。如果石头不能掩护你，为什么不自己变成一块石头呢？伪装是唯一的希望。

轰隆隆的声音现在像雷鸣一样盖过一切，令人恐惧。陶德曼从毯子里的一条缝隙向外张望，看到三个巨大的物体出现在头顶，把星星都挡住了。这些物体的形状像运货火车的车厢，但是这些车厢有翅膀，而翅膀下面参差不齐的剪影是火箭弹、导弹、机关炮和机枪。苏联米-24武装直升机，它们的火力异乎寻常地强大。陶德曼心口一紧，感觉好像吞下了玻璃似的。

其中一架直升机打开了探照灯，明亮的光柱搜索着贫瘠的山口。第二盏探照灯也跟着亮起来，然后是第三盏，它们来来回回地扫射，朝这边靠近。

陶德曼紧贴着地面，不敢动弹，也不敢呼吸。山口上方100来码的地方，尘土在直升机螺旋桨扬起的风力下打着旋。如果它们再靠近一些，就会把我们身上的毯子吹走！陶德曼心想，它们会看见我们！它们会——

直升机突然停了下来，它们在空中悬停的时间漫长得令人饱受折磨，几乎可以说是残忍，仿佛是在逗弄自己的猎物。它们出人意料地改变了方向，直奔山口左边的山坡。它们爬升起来，绕过悬崖，探照灯的光暗淡下去，雷鸣变成低低的嗡嗡声。

尘土落下。

陶德曼慢慢站起来。他深深地吸了一口气，寒冷的空气并没有平息他胸膛里的炙热。

# 2

夜里，在佛寺里兰博的房间中，他不安地醒来。他睡得很浅，一点儿也不安稳。已经1周了，从他拒绝和陶德曼一起前往巴基斯坦的那天起，他总是感到后悔。他无法对任何事集中精神，总是在回想自己是如何拒绝上校的请求的。冥想已不可能，他用尽力气也拉不开禅宗之弓，锻造厂也不再能够分散注意力。他感到忧虑，心神不宁。无论他怎样试图压制，同一个强烈的谴责不断地扰乱着他。

你让上校失望了。他需要你的帮助，而你却背弃了他。他愿意为你做任何事，但你却不愿意帮他的忙。

真是见鬼，我应该去的！

兰博内心的混乱不只是悔恨、内疚和羞愧。昨天晚上和今天晚上，他心中充满惊恐，他的内心浮现出可怕的预感。

事情不对头，要出事了。

上校需要我，他请求帮助，但我拒绝了他，现在当他遇到麻烦时，我却不在他身边。

遇到麻烦时？不应该是如果遇到麻烦吗？

不是如果，马上就要出事了。

他毫不怀疑。

# 3

现在轮到陶德曼骑马了。他半睡半醒，无精打采地坐在马上，随着马蹄起落左摇右摆。这队人马继续在夜色中穿行，爬到山里的更高处。马突然停了下来，他猛然惊醒，绷直了身体。又怎么了？他心想。

整队人马都停下了。部落成员的视线越过队列前方，落在上方小道正中央的一个东西上。陶德曼眯起眼睛仔细看。

那是什么？一块大石头？一座棚屋？

在朦胧的月光下，他分辨不出。

他的同伴从背上取下 M-16 步枪，开始沿着小道向上摸索。陶德曼翻身下马，拔出手枪，迅速加入他们。当他靠得更近时，那个形状变得更清楚，更明显了，变成了……

一个骑在骆驼上的人，陶德曼皱起眉头。一头骆驼？在这儿？当他认出这个陌生人大腿上的 AK-47 步枪之后，他的眉头皱得更厉害了。

陶德曼的小队停下来，和骑手保持着谨慎的距离。几个部落成员惊奇又怀疑地喃喃低语。一个部落成员向骑手喊了句什么，后者也回应了一句，他们声音沙哑地交流了几个回合。

“他们在说什么？”陶德曼问自己的翻译。

“骆驼上的人说他的同伴被杀了，他想和我们一起走。”

“他听上去可以信任吗？” 陶德曼问。

翻译耸耸肩。

一个部落成员又向骑手喊了句什么，骑手喊出一个答案。

翻译紧张地后退：“骆驼上的人说他来自杰德莱格来，我们的村子。我认识村子里的每个人，我不认识他。”

有个感到害怕的部落成员开了枪。随着鲜血从骑手的脸上喷出，夜晚陷入一片混乱，爆炸的手榴弹和自动武器的火舌咆哮着，闪耀着。

陶德曼扑向小道一侧，手脚并用爬向一堆岩石。敌人的几十条步枪从两侧开火，布下无可逃脱的交叉火力网，垂死的部落成员嚎叫着。

陶德曼开枪还击，直到打光了步枪里的子弹。他丢掉空弹夹，又塞进一只装满的弹夹，正准备再次扣动扳机，突然发现夜晚安静了下来。除了受伤的部落成员痛苦的呻吟和中枪马匹狂乱的嘶鸣，他只能听到自己的耳鸣。他闻到硝烟、粪便和鲜血的气味。

寂静被打破。愤怒的叫声从四面八方传来。阿富汗政府军从藏身处站起来，沉重的靴子踩在石头上嘎吱作响。

政府军的枪口将他包围，一个士兵从他手里夺走手枪。陶德曼举手投降。士兵用步枪的枪托砸他的肚子，将他击倒在地，他疼得倒吸一口凉气。

另一个士兵踢他的身体侧面。当陶德曼在地上翻滚时，他感到自己的后脑勺遭到沉重的一击。

夜晚变成了红色。

# 4

“先生，这里是美国大使馆，不是失踪人员调查局。”在大厅旁边一个窄小的房间里，那个低级别官员坐在办公桌后，目光从眼镜上方穿过，瞅着兰博，“就算这里是失踪人员调查局，但这里是泰国，而你说你要找的那个人去了巴基斯坦。”

兰博尽力保持礼貌。这个官员显然不赞赏他的外表，这个场合应着的西装、商务衬衫和领带，兰博一样也没有，他穿的是一条水洗牛仔裤和一件干净的牛仔衬衫。由于曼谷的高温，他将袖子卷起，解开衬衫最上边的两颗扣子。官员看了看兰博浓密的长发、左脸颧骨上的伤疤、挂在脖子上的蔻的佛像吊坠、肌肉发达的手臂和胸膛，眼睛里弥漫出不屑一顾的神情。

“我没有说要让大使馆去找我的朋友。”兰博说。

“那再解释一下，你到底想要什么？”官员手里拿着一支钢笔，笔尖对着一份看上去很神气的文件。兰博想把文件塞进他嘴里。

“我想见罗伯特·布里格斯。”

官员挠了挠脸：“布里格斯？我想不起在这里工作的人有谁叫这个名字。”

“他是国务院情报部门的。”

“他们不对外透露姓名，你怎么知道他是情报部门的？”

“你只管去问他，愿不愿意和我谈。”兰博说。

“体制不是这样办事的，你不能随随便便从街上走过来，要求见一位情报官员。我们怎么知道你的动机是什么？你可能是个恐怖分子。顺便问问，你在泰国干什么？”

“我正在失去耐心。”

官员扳起脸：“留下你的姓名、地址和电话号码，如果他想和你谈——”

“去叫他，”兰博说，“现在。”

“我想我们已经在这件事上花了足够多的时间了。我只想说，你是那种在国外损害我们形象的美国人。”官员用钢笔轻轻敲打桌子，“现在，你可以自行离开……否则你可以用另一种方式离开。”

“别碰那个按钮。”兰博说。

“这是威胁吗？”

兰博离开房间，沿着一条走廊往里走。

“嘿，别乱跑！”

兰博加快脚步，朝经过的每个办公室里面看：“布里格斯！你能听到我吗，布里格斯？我想和你谈谈！”

大使馆的工作人员抬起头，惊讶地看着他。

“布里格斯！”

“拦住他！”

“我想和布里格斯谈话！”

“伙计，站在原地别动！”

兰博扭头看向身后的大厅，一个美国海军陆战队员拔出了枪套里的手枪。

“我要见布里格斯！”兰博继续往前走。

“站住！”海军陆战队员喊道。

又有两名士兵赶了过来。

“他可能有武器。他刚刚威胁我了。”

“布里格斯！”

“停下！”

兰博走到一个楼梯口。

海军陆战队员们拨开了手枪的保险。

“等等！别开枪！”一个声音下令道。

兰博转过身，看见布里格斯急匆匆穿过大厅。

“没事了，中士。我认识这个人，把你们的武器放下。”

“但是，长官……”

“没关系。”布里格斯说。

海军陆战队员们看上去又恼怒又困惑：“如果你确定的话。”

“中士，你的反应是对的。不过你和你的士兵可以放心，情况在控制之下。”

海军陆战队员们不情愿地关上保险，放下手枪。

布里格斯朝兰博走过来。

“我们需要谈谈。”兰博说。

“是的，我猜的确如此。”

# 5

布里格斯关上办公室的门："坐，你要咖啡还是——？"

"我是为了上校来这儿的。"兰博说。

"这我猜到了，但你究竟是怎么知道的？我们一直在保密。在搞清楚事态之前，我们绝不会对记者透露一点儿情况。"

"记者？你在说什么呢？"

"上校？你说你来这儿是为了……我的上帝，你不知道？"

"我是来问怎样加入他的。到底发生什么了？"

"上面不允许我——"

"布里格斯，如果上校出了什么事，而你不告诉我……"

房间陷入沉默。

兰博朝他走了两步。

"好吧，"布里格斯退缩了，"放松点儿。"他颓然倒在办公桌后面的椅子上。

"布里格斯……"

"这是一次简单的行动，却遇上了复杂的情况。全部的事实还没有汇报上来。我们现在知道的是，上校在巴基斯坦训练反抗军，让他们返回阿富汗和苏联人作战。很显然，他想亲自体验反抗军穿越高山回到阿富汗的难度。他是跟一队反抗军一起出发的，原计划是抵达阿富汗边境就回来。边境没有任何标志，反抗军肯定判断错了距离，或者是陶德曼的向导出了错。无论是什么原因，他进入了阿富汗，队伍遭到阿富汗政府军的袭击。一名反抗军逃了出来。他看见上校被捕了。我们还不知道接下来发生了什么，但我们可以推测，政府军士兵会把上校交给当地的苏军指挥官。"

"你们准备怎样应对这件事？"

"考虑到苏联人将利用这件事做宣传，我们能做的不多。"

"我再问一遍。你们准备怎样应对这件事？"

"我们的手脚被束缚了。"

"你们的手脚想要多自由就能有多自由。"

"我就直说了。你只是当过兵，没当过外交官。现在我们甚至不能承认陶德曼上校出了这件事，这样做会危及我们在世界其他地区进行的敏感的人质谈判。"

"你是说你们要先让其他美国人质获得自由，才去安排上校的获释？"

"我们甚至不确定能不能安排他获释。见鬼，要是苏联人把他弄垮了呢？"

"他不会垮。"兰博说。

"但是如果他垮了呢？假如他们强迫他承认美国正在资助、武装和训练阿富汗反抗军呢？假如他们迫使他发布声明，说他是在美国政府的准许下有意进入阿富汗的呢？"

"相信我的话，他们绝对无法让他这样做。"

"我欣赏忠诚，"布里格斯说，"但政治现实是，美国或许不得不坚持声称陶德曼是擅自行事的莽汉，政府对他做的任何事都一无所知，我们可能需要甩掉他。”

“你这个混蛋。”

“陶德曼也这样叫过我。这是我的工作。但是我刚才对你说的是最坏的情况。事情也许到不了那一步，我们也许不必甩掉他。现在一切都取决于苏联人。他们也许不会利用上校的被捕进行大规模宣传，也许他们同意以我们承诺减少制造舆论热点为条件释放他，或者他们愿意用他交换某个被我们抓住的间谍。谁知道呢？我们目前最好的办法是安安稳稳地坐着，静待事情的发展。相信我，时机恰当的时候，他会得到官方的帮助的。”

“时机就是现在。你们等待的时间越长，就越容易忘记。”

“他现在不能获得官方的帮助。”

“那就让它变成非官方的。”

“什么？”

“把我需要的东西给我，然后忘了我还活着。”

“你自愿进入阿富汗找他？”布里格斯听上去很震惊，“如果你也被抓了呢？”

“你放心吧，如果我被抓了，你可以告诉媒体我是个容易激动的退伍军人，一门心思想回到战场。这么说吧，政府会很高兴摆脱了我。”

“回到战场？1 周之前，你还拒绝来着，现在你为什么要这样做？”

“因为上校也会为我这样做。”

# 6

兰博狂暴地拉动风箱，将空气送进锻造炉里燃烧的煤炭下方，让它们尽快达到白热。汗水像瀑布一样从他身上倾泻下来。伴随着劳作，他身上的肌肉虬结起伏。他拿起一把夹钳，从煤炭里夹出一块泛着红光的440C不锈钢。他抓住巨大的锤子，一次次地敲打这块炽热的金属。锵！他的力气那么重，让全身像这块钢一样颤动起来。愤怒的锤击让他手臂发疼。他重重地敲，狠狠地打，塑造着这块钢的形状。为了陶德曼，一定要找到陶德曼，一定要救出陶德曼。锵！

形状完成了。兰博端详着自己创造的工具。它是扁平的，长12英寸，宽2英寸半，厚度是四分之一英寸，双刃。尖端有一条曲线。8个槽口沿着刀背两侧排列，每侧4个，象征着他所在的A小队的8名队友，他死在越南的朋友。这件武器太重了，他需要沿着中央刻一道狭长的槽以减轻重量。此外，这样做还能增添所谓的血槽，以免有吸力阻止它从人体中抽出。

再过几小时，充分回火、抛光、打磨，它的双刃将会成为有史以来的任何铁匠都承认的最坚韧、最锋利的。当他将刀柄装上去之后——倾斜的刀柄方便他向下砍刺——总长度会达到18英寸，一件战争利器。这把刀是在猎刀的基础上改进的，像一把小号的阿富汗剑。因为在他马上就要进入的那片土地上，现代武器和来自中世纪的武器相互争锋。

在那片土地上，几个世纪的时间交错在一起，区分过去和现在毫无意义。

兰博辛酸地点点头，将灼热的刀刃投入水桶。刀刃仿佛被注入了生命，愤怒地嘶嘶作响。水汽笼罩了他。

# 7

陶德曼呻吟着慢慢醒来。剧烈的疼痛折磨着他的肚子、他的身体一侧、他的脊骨，还有他的头。他担心步枪枪托打断了自己的肋骨或者打裂了自己的颅骨。他口干舌燥地大口喘气。在强光的照射下，他的视野在打转。陶德曼用力集中精力，终于稳定住了目光。他发现自己躺在一个狭小的石头房间里，房间有一道铁门，门上一个方方正正的开口嵌着几根钢筋，构成一个又高又窄的小窗户。透过钢筋朝外看，似乎是一条走廊。陶德曼痛苦地转过身，发现墙壁本身没有窗户。这个牢房空空如也。没有吊床，甚至没有便坑。炫目的电灯藏在天花板上的金属网罩里。

他尽力整理思绪，以平息心中的恐惧。他记得自己被政府军士兵打得失去了意识。他记得自己中途短暂地醒来，发现士兵们将自己拖上一架苏联武装直升机。飞行过程只是一片模糊的印象，他只记得自己在直升机上吐了。但是当直升机着陆后自己被放上担架时，他模模糊糊地看到了目的地。

在晨雾营造的光晕中，一座巨大的要塞矗立在尘土飞扬的平原上。铁丝网环绕着巨大的花岗岩墙，每个角都立着一座警戒塔，苏联哨兵在墙外和墙上巡逻。坦克和装甲运兵车来来往往，扬起灰尘。巨大的武装直升机从要塞中升起，发出雷鸣般的声音。

一把钥匙插入牢房的门锁发出咔嗒一声，打断了陶德曼的回忆。他警惕地注视着打开的门，一个身材瘦削、肩膀宽正的苏联军官走了进来。他看上去 40 多岁，留着一头灰色短发，流露出权威的气质。

这个苏联人用刺耳的嗓音说："我是扎桑上校。你的军籍号码牌说明你是山姆·陶德曼，美国陆军的一名上校，隶属于特种部队，也就是我们的雪域特战队的低劣版本。"

陶德曼没有回应。

"让这场经历对你来说是轻松还是痛苦，我都可以做到，"苏联上校继续说道，"但选择权在你。我可以向上级汇报你的被捕，也可以把你送到喀布尔。但是我恨这个国家，你可以帮助我离开阿富汗，但是要做到这一点，你必须提供有价值的信息，让我能够打动上级。作为回报，我保证你不会再受到伤害。那……我们开始吧。你为什么来阿富汗？还有谁准备穿越边境？你是否愿意公开承认是你的政府派你到这里来的？你是否知道我的士兵在什么地方能找到叛乱分子的首领阿克拉姆·海德尔和他手下那伙匪徒？这是我想要知道的一部分内容。"

"下地狱吧。"陶德曼说。

"不，在地狱里的人是你。现在我要向你介绍考诺夫中士。"

一个面相残忍的大块头秃顶士兵走进牢房。

"你和中士很快就会彼此了解的。"

当扎桑离开牢房并关上门时，考诺夫朝陶德曼走来。

5 秒钟后，陶德曼知道扎桑的话是对的。

一只靴子踢他的牙齿。他吐了。

一只靴子踢他的睾丸。

他置身地狱。

# 武器商店

# 1

兰博站在西巴基斯坦[9]白沙瓦城外阳光炙烤的平原上，注视着自己的目的地。在10英里之外，传奇的开伯尔山口蜿蜒向上，在两侧数千英尺高的石灰岩悬崖之中开出一条狭窄的道路，通向庞大的兴都库什山脉白雪皑皑的群峰。

这些山在阿富汗境内。

痛苦的叫喊声打断了兰博的思绪，他放低目光，看着周围的混乱。动荡的局势迫使大量平民离开家园，大约300万人逃往西巴基斯坦这里。这300万难民中的大多数都分散在兰博视线所及的每个方向。报纸说这里是难民营，但是“营”这个字眼根本无法描述一场如此巨大的噩梦。

300万逃亡者，这个数字大得难以体会。他们住在用毯子搭的帐篷里，这些摇摇晃晃的庇护所挤在一起，让人几乎无法从中走过。所谓的医院基本上只是急救站，人手不足，设备不足，只是在空地上围起来一块地方，既没有屋顶，也没有墙壁，吊床一张挨着一张，病人暴露在灼热的阳光下。他看见被炸掉腿的儿童、被烧伤的妇女、眼睛瞎掉的老人。受伤的反抗军躺着凝视天空，一言不发地承受着痛苦，等着过一会儿央求医生把他们治好，好让他们回去打仗。

[9] 巴基斯坦曾经的一个省份，存在于1955—1970年。

痛苦不只是身体上的，还有心灵上的。家园不在了。失去了土地，农民无法耕种。没有了牲畜，牧民这个称呼毫无意义。蒙面的妇女习惯于不见陌生人，现在却忍受着不断抛头露面的羞耻。一群自豪、独立的平民，本来享受着自给自足的尊严，却成了慈善活动的对象，饿得浮肿的肚子迫使他们接受施舍。

在兰博左边，一眼望不到头的队伍拖着沉重的脚步往前挪，拿着汽油罐到红十字会的卡车那里取水。在他右边，另一条没精打采的队伍拿着破破烂烂的柳条篮子等着领西方国家捐赠的粮食。再加上茶和脱脂奶粉，这就是难民们用来维持生存的全部东西。

他们唯一的慰藉就是宗教热忱，他们对伊斯兰教的信仰充满激情。每天5次——黎明之前、正午之后、下午晚些时候，刚刚日落后，以及天黑2小时后——他们会聚集在一起做公共礼拜，朝着麦加的方向跪拜在地，额头触碰地面，大声念出祷词。每一句祷词的实质是一样的。“安拉胡——噢——阿克巴。真主至大。安拉是唯一的真主。”

即使在地狱里他们也不忘做祷告，兰博心想。这一刻他听不到祈祷，只有呻吟和哀号。他想逃离这里，与此同时，他几乎要跪倒在地，恳求基督教徒、纳瓦霍人和佛教徒的神明帮帮这些显然被抛弃了的人。

但是如果神不帮助他们，他会。以牙还牙。复仇。

这个想法来得非常突然，让他吃惊。不！这不是你的战争！你的战争打完了！这不关你的事！

那你在这里做什么？

陶德曼，他心想。他像念咒似地重复着这个名字，转过身去，不看这场噩梦。

# 2

这家肮脏的商店位于白沙瓦市郊，商店里面一片昏暗。虽然和街上比起来，里面的空气还算凉快，但是并不流通，还有一股咖喱味儿。柜台后面站着一个瘦高的巴基斯坦人，长着乌黑的头发，瞳孔在大麻作用下放大。他用贪婪和警觉交织的眼神打量着兰博。

兰博则打量着这个商人的货品。从地板到天花板，整整几面墙上摆着几乎每一种类型的武器：突击步枪、巴祖卡火箭筒、机枪、迫击炮、手枪。所有武器都有两个共同特征：又破又旧。有一面墙上只有刀剑。

武器商瞄了一眼插在兰博腰带上的刀鞘里的长弯刀："你来对地方了，你想买武器？"

"我在找人，他叫穆萨。"

武器商怀疑地挺直身体："你为什么来这儿？你为什么觉得能在这儿找到他？"

"他喜欢看群山生长。"

"那它们何时生长？"

"当它们呻吟时。"

武器商点点头。尽管接头暗号是对的，但是当他掀开帘子走进后屋时，还是表现出了一丝怀疑。

兰博朝右边看了一眼，在一堆拐杖上方陈列着假肢。他的脸色一沉。

帘子的响动让他转过身。武器商从后屋里头走了出来，身后跟着一个胸膛宽阔的男人，有着一张蜡黄色的长脸、一副浓密的黑胡须和一双机敏的黑眼睛，五官十分突出。注意到兰博刚刚盯着假肢看，这个阿富汗人说道：“在我的家乡，这些东西卖得很多。”他的声音浑厚低沉：“你是从布里格斯那里来的？”

兰博点点头。

“我是穆萨。你叫……兰博？”

兰博又点点头。

“你和穆萨要骑很久的马，你想先吃点儿东西吗？”

兰博摇摇头。

穆萨耸耸肩：“要骑很久。”

“你知道那个美国上校在哪儿吗？”

“不知道。我们去那个地区找反抗军，他们知道。来吧，先吃东西。”

兰博跟着他穿过帘子。

# 3

这个房间很小，有一股霉味儿。阳光从破败的泥土墙的缝隙射进来，照出屋里飘浮的尘埃。

穆萨没有给兰博食物，而是打开了一个板条箱："布里格斯说你需要这个。"

兰博往里面看，有塑胶炸药、雷管、电线、导火线、电池。

"我希望你多弄点儿大的动静。"穆萨说。

"布里格斯有没有告诉你，我还需要什么？"

穆萨指向另一个板条箱："步枪……还有这个。"他递给兰博一个长长的帆布袋。

兰博将它打开，发现里面是一支自动步枪，而且枪管下面安装着一个榴弹发射器。在帆布袋边上的口袋里，他找到一个备用弹夹、三盒圆头子弹，还有一盒 40 毫米手榴弹，乍看上去像特大号霰弹。

他检查了一发步枪子弹的底部，很满意子弹口径不是 5.56 毫米（北约和 M-16 步枪使用的类型），而是 7.62 毫米（苏联人在他们的 AK-47 步枪里使用的那种）。

很好，布里格斯按照要求送来一支经过特别改装的 M-203 榴弹发射器。兰博要去的地方找不到北约部队使用的弹药，但是有很多苏联弹药可以代替他使用的圆头子弹。这把改装步枪还给了他另外一项优势，它的枪声像AK-47而不是M-16，因此在交火中不会过于吸引注意力。苏联人甚至会在开枪时迟疑，担心将自己人误认为敌人。

兰博将步枪和弹药放回帆布袋：“我准备好了。”

“还没完呢。”

兰博皱起眉头。

“布里格斯还给你送来了别的。”

“什么？我不明白。这些是我要的全部。”

“我也不明白。布里格斯说他给你送来了又老又新的东西。他说你知道他是什么意思。”

穆萨又递给他两个帆布袋。

兰博的眉头皱得更厉害了。这两个袋子比装M-203的袋子小，他估计它们有2英尺长。困惑之下，他打开了每个袋子末端的盖板。

当他看到里面装的东西时，慢慢咧开嘴笑了。

他从一个袋子里拉出一把拆开的弓把手和两只弓臂。一开始，他还以为这把弓和他1年前返回越南解救美国战俘时用的那把弓是一样的。

弓是黑色的，把手用镁制成，弓臂的材料是碳化玻璃纤维。每只弓臂的末端开有沟槽，沟槽里安装着一只偏心凸轮。这两个凸轮由一根在两只弓臂末端之间来回移动的缆线相连，让这把弓看上去好像有三根弦，不过只有一根弦是用来拉弓放箭的。

这套缆线连接凸轮的系统起到两个作用：第一，当弓箭手向后拉箭时，凸轮旋转，减小拉动弓弦所需的力量，原来需要100磅的力，现在可以减少一半；第二，当弓箭手放开箭时，凸轮旋转到最初的位置，让箭离开弓弦的力量加倍。而且它们增加推力的方式非常高效，让箭更好地接受而不是抵抗推力，效果就是让弓箭手能够用最小的力气获得箭的最快速度和最大准头。

因为轮子先节省力再施加额外的力，所以这件武器叫作复合弓。当它像这样拆散时，它的把手和弓臂可以装进2英尺长的袋子，很方便携带，把手和弓臂的组装也同样方便。一件精妙、安静、致命的武器。

但是随着兰博的仔细观察，他修正了自己的第一印象。这不是他1年前在越南使用的那种弓，它有几处不同。

这款弓组装好之后只有40英寸长，比原来那款短了4英寸，携带起来更容易。它的轮子更大，这增加了它的威力。另外，把手的一侧有个箭鞘附件，其中的沟槽可以将7支箭与弓平行地固定在上面。

最后，从把手上延伸出一样结构，与弓箭的中点平齐并且可以让弓箭手将箭搭在上面，因此这把弓可以使用比通常状况下短6英寸的箭，同时也不会减少弓箭手的拉弓长度和施加的力。

兰博迅速查看第二个袋子，找到许多折叠起来的箭。和他1年前在越南用过的箭以及这把新的弓一样，这些箭也是黑色的，便于伪装，既能隐藏在夜幕中，白天也不反光。它们是铝质的，和木头不一样，遇到高温不会翘曲。它们的箭羽是尼龙做的，比羽毛更耐久。

尽管和他在越南用过的箭有这么多相似之处，他还是注意到了一些重要的区别。这些箭比原来的箭短6英寸，更容易携带，拆开后的便携性更是加倍。他在越南使用的箭是带螺纹结构的两截拧成一支的（这样会牺牲宝贵的时间），而这些箭中间有一根钢丝，将两部分连接在一起。要想组装出一支箭，他只需要将一截向上掰开，和另一截构成一条直线，内部钢丝的压力就会让这支箭的公母槽牢牢地扣起来。

在这些折叠起来的箭下面，兰博还找到一个塑料盒，盒子里衬有软垫，装着像剃刀一样锋利的四刃锯齿宽箭头（1 英寸宽，2 英寸半长，与弓和箭杆一样是黑色的），可以拧进箭杆带螺纹的头上。这些宽箭头有个名字，完美地描述了它们的摧毁能力："铜头撕裂者"。如果他不想用这种宽箭头，还可以在箭杆上安装盒子里的其他东西：锥形头，它们有的标着"破片杀伤炸药"，有的标着"催泪瓦斯"。

弓箭的概念有数万年的历史。一瞬间，兰博想起自己在那座泰国寺庙拉开古老的禅宗之弓时所做的冥想。他立刻又回忆起自己在返回越南的地狱并使用上一把复合弓时所经历的恐怖。

但是当他练习组装和拆卸这件创新产品，也就是这把古老又现代的弓箭时，他又一次露出了微笑。

他转过脸朝穆萨说道："是的，布里格斯说得没错，这是又老又新的东西。"

"我还是不明白。"

"你会明白的。"

虽然兰博笑了，但穆萨看上去却有些不安。

"怎么了？"兰博问。

穆萨指着兰博的牛仔裤和牛仔衬衫："你必须换衣服，在我们要去的地方，你看起来很怪，对吧？"

兰博表示同意。

但是穆萨看上去仍然不安。

"还有什么？"

穆萨指着挂在兰博脖子上的蔻的佛像吊坠："我们去的地方，全是穆斯林，而这个让你看起来是信佛的。"

"这个吊坠对我有特殊的意义。"

“穆斯林信仰伊斯兰。”

兰博紧绷着身体。他知道穆萨说得对。一个士兵必须是变色龙，他必须尊重自己所要求助的人们的风俗习惯。但是摘下蔻的吊坠，就是背叛对她的记忆，相当于最终确定了她的死亡。

另一方面，如果他把这个吊坠挂在脖子上，它很可能会导致他自己的死亡。

他沮丧地咽了口唾沫。尽管很不情愿，他还是解下吊坠，放进口袋里，立刻觉得自己仿佛赤身裸体。

“很好，”穆萨说，“现在我们吃饭。”

# 4

兰博的马四肢粗壮，是为了适应陡峭的山路专门培育的品种。他右手握着缰绳，左手拉着一根绳子，绳子拴着身后一匹满载货物的驮马。在他前面，穆萨同样骑着一匹马，牵着一匹驮马。

两个人都穿着传统阿富汗服装——裤子宽松下垂，上衣长长的下摆松垮垮地落在大腿上。但是穆萨戴着一顶阿富汗帽子——形状像毛巾被紧紧地拧起来，缠绕在头顶，顶部是一块光滑的呢绒。而兰博的头上什么也没有。穆萨穿着凉鞋，兰博穿着军靴。他的刀挂在腰带一侧，装着拆散弓箭的两个袋子挂在另一侧，装步枪的套筒绑在马鞍上。

尽管兰博对即将面对的处境感到紧张，他还是享受着清甜凉爽的山区空气。这种气味，当然还有风景，让他想起了童年时代在科罗拉多州和亚利桑那州北部的山区露营之旅。

狭窄的小道在陡峭的岩石山坡之间蜿蜒上升，山坡上栽满冷杉。穆萨回头看了兰博一眼说道："我带你走最好的路，苏联人找不到，好极了。"

"我以为我们会走开伯尔山口。"

"开伯尔有苏联人看守。这条路更好。更难走，但是更好。"

小道变得更陡峭了。

"我跟你说说开伯尔，"穆萨说道，"大部分战斗都是在那里发生的，那里流的血也最多。19 世纪，英国人两次试图征服阿富汗。第一次，他们输了，所以只好回去。第二次，他们被狠狠教训了一顿，最后跑了。阿富汗的战士在开伯尔山口的悬崖上等着，人不多，他们杀死了 1.6 万个英国士兵。”

1.6 万人？兰博心想。都在一天，在一个地方？他摇摇头，这数字大得几乎无法理解。

他们来到小道顶端，开始朝一条岩石山谷中的更多冷杉树蜿蜒下行。在山谷对面，巨大的兴都库什山脉白雪皑皑，锯齿状的群峰海拔高达二万五千英尺。

但是穆萨好像并不在意它们，继续着自己的话题。“两千多年的战争，阿富汗人从没有被打败过。强硬的国家，强硬的人民。”穆萨引导马从两块大石头之间穿过，再走下小道上的一段之字形坡路，“亚历山大大帝和成吉思汗，波斯人、蒙古人、英国人，现在苏联人又来了，全都想征服我的国家，他们办不到。”

他们来到一片草地。

“你话说得不多，”穆萨说，“为什么？”

“我让说得更好的人说。”

“比如我？”

兰博咧嘴笑道：“比如你。”

他们向山下走，穿过更多的树。

“有一句著名的祷词，你想听吗？”

“为什么不呢？”

“‘让我们免于眼镜蛇的毒液、老虎的利爪和阿富汗人的复仇。’你明白这句祷词吗？”

“你们这群人不会白白受人欺负。”

“正确。我们不喜欢苏联人来到这片土地,所以反抗军激烈地反抗。我们要让他们明白这句祷词的含义。你会帮助我们吗，也许？”

“不,”兰博说，“我的仗已经打完了,”他尽力不躲开穆萨咄咄逼人的注视，“我只是来这里找我的朋友。”

“好吧,”穆萨说，“你不是阿富汗人，你怎么会明白呢？”

# 5

到下午 3 点左右，他们爬上另一条山脊的顶部。两人翻身下马步行，牵着受惊的马沿着一条狭窄的下山路走，这条小路在左边突然下降并进入一条峡谷，兰博判断这条峡谷至少有 5000 英尺深。被马蹄踢动的石头滚到路边，坠入一条湍急的溪流。兰博走在马前面，摩挲着马的侧脸，并对后面的驮马低声说些安抚的话。

“你对马挺在行。”穆萨说。

“我是和马一起长大的，我的叔叔培育奎特马，他教我如何对付它们。”

“他教得很好。如果安拉保佑，你救出了你的朋友，你一定告诉你叔叔他帮了忙。”

“我叔叔 2 年前死了。”

“我很抱歉。上上个月我叔叔死了。”

小道突然变宽。兰博被穆萨刚刚的话震惊了，但他掩饰住自己，跟在他后面走。小道从山谷一侧转向，进入一面点缀着冷杉树的缓坡。

穆萨眯起眼睛看向太阳，它已经在天空中走过四分之三的轨迹。他停下脚步，把马拴好，然后从马鞍挂包里拽出一块小地毯，铺在一块山坡草地上。

兰博转身走开，给他留出隐私空间。

“你不常祈祷？”穆萨叫住他问。

“我的方式和你不同，我思考受苦和如何避免受苦。”

“这太傻了，受苦是不能避免的。如果受苦，一定是安拉的意志。一切都是安拉的意志。”

“苏联人来这也是安拉的意志？”

“是为了考验我们。如果这符合安拉的意志，我们要在考验下亲手建造更美好的家园。但是我们必须证明自己配得上安拉的意志，所以我们战斗。”

“你叔叔的死也是安拉的意志吗？”

“一切都是安拉的意志。安拉允许我叔叔死，用他的死考验我。和你一样，关于受苦，我也想得很多，但我不怪安拉，我怪杀了我叔叔的人，他们杀死了我叔叔，安拉只是允许这事。”

“听上去很复杂。”

“不，是简单的，生活是对价值的考验。”穆萨仔细看着天空判断方位，然后面向西南也就是沙特阿拉伯麦加的方向跪倒在地。他将头弯到地毯上，高声祷告：“安拉胡——噢——阿克巴。真主至大。安拉是唯一的真主。穆罕默德是他的先知。”

兰博走开了。

# 6

当太阳朝着群山落下去的时候，他们来到一条林间山谷的底部，先穿过一条波光闪闪的浅溪，然后抵达一座用原木建造的小屋。小屋的屋顶很低，烟雾从烟囱里飘出来。在小屋后面，一个畜栏关着几匹看上去精疲力竭的马。兰博想起了他在亚利桑那州北部的山区里见过类似的小屋。

“我们在这儿喝茶。”穆萨说。

“喝茶？”

“阿富汗人必须喝茶。好习惯。然后我们睡觉。”

“但是没时间了，我们得继续赶路。”

“在晚上？我们会从山上掉下来。上校遇到麻烦，就是因为他的向导在晚上引路，喝茶是更好的主意。”

他们将马牵进畜栏，卸下马鞍和货物，然后用刷子刷马，给马喂水和食物。他们的马闻到旁边马匹不熟悉的气味，好奇地朝它们张开鼻孔。

“在这儿等着。”穆萨在小屋的门口说。

兰博看着他走进去，听见他在小屋里打招呼，然后在解释着什么，声音低沉。

穆萨做手势让他进来。

屋子里头甚至比从外面看上去更小更低矮，12 英尺乘 16 英尺见方。墙壁光秃秃的，铺在地上的旧毯子之间露出缝隙，看得出下面只有泥土。在通风不良的壁炉里，一丝散发着树脂香味的烟雾从燃烧的松木中飘出来。

6个阿富汗人挤在炉边，用怀疑的眼神看着这两个陌生人。其中5个人将近30岁，第6个人年纪不小，但看上去很强壮，似乎是他们的首领。他们的穿着和兰博一样，都是宽松下垂的裤子和松弛的长上衣，不过他们还戴着特别的阿富汗帽子，是用围巾在头顶缠出来的。此外，老人还穿着一件羊毛背心。

他们手里端着茶杯，仔细打量着兰博，然后转过头用声音很低但很激动的语调交谈着。武装带和过时的恩菲尔德步枪摆在他们身边。

兰博注意到其中一个年轻人的额头上全都是烧伤的伤疤，而老人左手的中间三根指头都没有了。

“他们不喜欢陌生人，尤其是不信安拉的人，”穆萨说，“我解释说你不是普通的不信安拉者，你是可以信任的，是来帮助我们的。”

“来找上校。”兰博纠正道。

“我歪曲了事实，好为你担保，最好把你的步枪放进袋子里别拿出来。”

兰博把步枪袋子还有装着弓和箭的两个袋子都靠在门边的墙上。“他们是圣战战士，”穆萨坐在这些阿富汗人对面开口说道，“神圣的战士，安拉的士兵，所有反抗军都叫圣战战士。”他打开自己的包，准备泡茶，“他们刚刚打了圣战。在我们的圣书《古兰经》里，安拉只允许我们和两种敌人作战，不信安拉的人以及那些不公正地将我们从家园驱赶走的人——包括穆斯林。这些圣战战士打了一仗，再去巴基斯坦补充物资，然后回到阿富汗继续打仗。”

“但是苏联人不会进山吗？”

“一直都会。”

“那这些反抗军为什么不设哨兵？苏联人可能像我们一样进来。”

“也许他们设了哨兵，而哨兵认为我们没有危险，让我们通过了。”

“畜栏里有 6 匹马，这里有 6 个人。不对，看来他们没有设哨兵。”

“圣战战士不像普通的士兵，他们信赖真主。”

“连真主和哨兵一起信赖就更好了。”

当反抗军停止谈话时，其中一人开始唱起了歌。他的声音一开始很轻柔，然后逐渐提高音量，其他人也加入进来。曲调有些怪，充满能量又很伤感，调子很高，韵律感很强，为数不多的几个音符不断地重复。他们的歌声听上去就像按照阿拉伯音阶调过的曼陀林琴。

“他们祈求安拉让他们成为殉教者，”穆萨说，“在圣战中战死是最大的荣耀，殉教者立即升入天国，所有欢乐都在等着他们。”

“战争的要点是保住命，杀死敌人。”

“噢，他们杀了很多敌人，”穆萨说，“如果没有敌人陪他们死，圣战战士就不是殉教者。阿富汗人有纪念勇敢死者的节日，殉教者日。”

随着歌声继续，兰博感到越来越紧张。歌声大得足以穿透小屋，传播到山谷里很远的地方。如果他说对了，这些圣战战士没有设哨兵，正好一支苏联巡逻队听到了歌声……

“我希望他们下次再实现愿望，”兰博说，“我不急着当殉教者。”

“印沙安拉。”穆萨说。

“什么意思？”

“真主的旨意。快泡茶吧，吃东西，休息。明天是漫长的一天。”

# 7

在刺目的正午阳光下，他们骑到一处树木丛生的山顶，面对着下面一片荒凉的平原。冷杉树被低矮的灌木取代，再往下，矮草变成了贫瘠的尘土。这片荒原起起伏伏，仿佛是巨人的手指按出的痕迹。

“这里曾经是庄稼地，”穆萨说，“现在已经不能种小麦了。”

当他们走下山进入这片荒原时，穆萨指向平原远处的天空。兰博眯起眼，不清楚穆萨想让他看什么。

他很快就明白了，不禁皱起眉头。在远方，天空的蓝色开始变成灰色，白色的云变暗了，云上垂下黑色的柱状物体直达地面，翻滚着，将沙子卷进动荡的云团。

“黑风很快就来了，”穆萨说，“这里总会遇到困难的情况，我们必须停下做准备。”

穆萨迅速说出指示，兰博急忙照做。他们在一块洼地里卸下马背上的东西，将马鞍和板条箱摆成一个方框的四角。他们让马在这个方框之内躺下，一匹马不愿意躺，兰博用一条胳膊环住它的脖子，把它摔在地上。他和穆萨把毯子盖在马的身上，再将毯子牢牢地绑在马鞍和板条箱上。

沙砾开始在空中飞舞，远处呜咽似的风声大了起来。

“快。”穆萨说。他们钻进毯子下面，趴在他们的马之间，两条手臂按住马的脖子安抚它们，让它们躺着别动。他们手掌向上，死死抓

住毯子，让毯子紧紧地盖在马头和他们自己的头上

很难呼吸。兰博紧张地等待着，毯子下面的阴影变得更黑了。他几乎听不见穆萨被闷住的声音：“阿富汗曾经叫作亚吉斯坦。”

“什么？”

“它的意思是‘桀骜不驯的土地。’”

“那和眼下有什么关系？”

“‘自由的土地。’”

“别说话，节省体力。”

“我们让苏联人看看我们国家的名字里的真理。”

“我说保持安静。”

“但是亚吉斯坦的意思也是……”

“闭嘴！”

“‘失控的土地。’”

黑风伴随着可怕的咆哮袭来。

# 荒原

# 1

光是持续的咆哮声就够折磨人的了，再加上风暴的力量，就叫人更加无法忍受。巨大的压力将兰博挤向地面，与此同时还将他向后推。他用尽力气紧紧抓住毯子，低声向马说些安抚的话，试图让它们躺着别动。沙子堆积在毯子上，使风撕扯得更厉害了。毯子下面越来越热，空气变得污浊，呼吸更困难了。他感到一阵昏沉，天旋地转。迷迷糊糊地，他看到蔻模糊的身影，她被子弹打穿的身体在他怀里颤抖着，她死了。突然，蔻的重影变成了陶德曼。他出现在锻造厂，那是兰博上一次看见他并拒绝帮忙的地方。陶德曼的声音远远地回响起来，不断重复着他在兰博拒绝随他参加行动时说的那句话："不牵扯私人感情。"兰博想大喊。不牵扯私人感情？见鬼，这件事很私人，他必须要救……

风已经停了，但他已经习惯了风的咆哮，风声还停留在他的脑海中。他突然意识到自己真正听到的声音是马沉重的喘息、他自己慌乱的喘气和耳鸣。

呼吸，需要呼吸。

他松开毯子。毯子上有沙子，仍然压在他身上。他放开马，它们扭动着身体，他试图从毯子下面退出来。

不行。

想抬起身子。

不行。

没有空气，身体太虚弱。

他慢慢将膝盖提到身体下面，双手撑地，用尽全力弓起后背，可仍然挪动不了毯子。他更用力地向上拱，毫无效果。

我们要被闷死了！

马已经只出气不进气了。他的头脑昏暗起来，他的肺在痉挛。

不！

他抵抗着趴在地上睡觉的欲望。他的肌肉因为发力而抽筋，移动的每一寸都充满痛苦，上衣被蹭到了腰部以上。现在已经完全无法呼吸了，但他没有浪费时间去试图让肺重新工作，而是全神贯注于唯一的目标，将能量汇聚在唯一的目的上。

他的刀，他需要握住刀，把它拔出刀鞘，割开毯子。

当他真的割开毯子时，沙子倾泻在他头上，灌进他的耳朵，挤进他的眼睛和脸颊。他用手抓住落在头上的沙子，将它们一把一把地塞到胸口下面，扭动着，摸索着，连抓带扒。与此同时，他继续向上抬起膝盖，努力弓起后背。

他的肺以极度的痛苦阻止他憋气。他与肺抵抗斗争，但是意识渐渐模糊，本能开始掌控身体，他在往肺里吸入沙子。

然后他猛地从自己的坟墓里钻了出来。外面的阳光如此刺眼，仿佛针刺一般。他将沙子从肺里咳出来。

他弯腰呕吐。

他站直了，大声叫喊。

仿佛他永远不会停下。叫喊持续着，扯得他喉咙发疼。这时他看到了现在等待自己的考验，他是从一个 3 英尺高的沙丘里爬出来的。穆萨和马还在下面，如果他不把他们挖出来，他们都会死。

他的动作像发狂了一样。他将有力的手臂插进沙丘，奋力向外挖掘。他像狗刨一样将沙子从两腿之间刨出去。伴随着一声胜利的呜咽，他挖到了毯子，抓住自己割开的地方，向上撕扯毯子，露出一匹马的脸。他又爬到左边，再次扯开毯子，这一次他发现了穆萨，他的脸紧贴在地面上。

这个阿富汗人没了呼吸。

“穆萨！”

兰博将沙子从穆萨身上扒开，在这个过程中又挖出另一匹马的侧面。他使劲拉穆萨，将他从沙丘里拽出来，让他翻过身仰面躺着。这个阿富汗人平常蜡黄色的脸现在变成了死灰色，他双眼紧闭，胸口一点儿起伏也没有。

兰博用双手按压穆萨的肋骨，试图让他的肺运转起来。他打开穆萨的嘴，检查了一下，确定里面没有堵塞沙子，然后开始朝穆萨的嘴里吹气。他又试了一次，将空气压迫进穆萨的喉咙里。又是一次。

再一次。

然后……

穆萨咳嗽了。

兰博带着更大的决心，将空气吹进穆萨的喉咙。

穆萨又咳嗽了。他的胸膛鼓起来，这次是自己将空气吸进去的。当兰博再一次做人工呼吸时，穆萨抬起一只手，虚弱地制止他。穆萨的胸膛鼓得更高了。他贪婪地吸入空气，大口大口地喘起来。

兰博赶忙跑回沙丘。刚才他挖出了一匹马的脸，这时他又费尽力气，挖出了其他三匹马的脸。

筋疲力竭之下，他没忘查看它们的鼻子。至少毯子起到了作用，没让沙子堵住它们的鼻孔，两匹马的鼻子微微抽动，另两匹马的鼻子没有动。

兰博用尽全力挖出了它们的整个身子。当沙丘的重量从它们身上卸下时，他无力地向后倒去。在他右边，穆萨强有力地呼吸着，吸入的气体让他的肺开始正常运转，他的呼气拉得很长，像是叹息声。

“如此奇妙的一件事，来自安拉的礼物，呼吸。”穆萨说。

兰博的手在流血。在眼下这种状况，就连疼痛也让人感觉很好。他用胳膊肘撑起身子，打量着马。

两匹马死了，另外两匹马的肋侧正在起伏。兰博爬到他挖出来的一只水囊那里，把水滴进它们的嘴巴。它们用舌头舔了舔嘴唇。他试图让它们站起来。

它们没站起来。他轻轻地拉着缰绳。如果它们不想站起来，那是一回事，但是如果它们站不起来呢？要是——？马动来动去，慢慢站了起来。他从包里拿出一个金属碗，在里面装满水，让一匹马喝，又装了一碗水让另一匹马喝。他决定暂时不让它们喝水了，以防它们身体不适。

还有最后一项任务。疲惫让他感觉这是自己做的最艰难的事，那就是把马栓到他挖出来的马鞍上。完成这项任务之后，他就倒在穆萨旁边，把水囊递给他。

“不，”穆萨说，“你救了我的命，你先喝。”

兰博没有和他争论，大口大口地将微温的、美妙的水灌进自己干渴的喉咙。水珠顺着嘴唇滴下，他将水囊递给穆萨，这回穆萨急切地接受了。

“我们很幸运，”兰博说，“我差一点儿没有力气去——”

“不，不是幸运，”穆萨说，“你有力气，这是安拉的意志。”

“那你最好替我谢谢安拉。”

“你为什么不自己谢呢？”

“我不知道怎么做。”

“我可以教你。”

“也许吧。”

## 2

在黎明的曙光中，他们觉得休息够了，可以继续赶路。在兰博内行的护理下，两匹马已经恢复了力气。穆萨做了祷告。他和兰博吃过东西后，就把驮马背上的板条箱埋了起来。穆萨用一块尺寸不小的石头做了标记，但他看上去很担心。“如果在我们赶回来之前起了黑风，它会把石头埋住，我们就永远找不到这个地方了。”

他们骑上剩下的两匹马，继续赶路。荒原变得更加凄凉。兰博看到了弹坑，它们边缘的石头都被熏黑、烧焦了。他骑马经过一堆牛的骨架，又经过苏联坦克和装甲运兵车烧毁的残骸。

当他们接近这片平原的远端，将要抵达崎岖的山麓丘陵时，兰博注意到一些他从未见过的东西。它们让他如此困惑，以至于他停住了马，翻身下来看个究竟。在前面，一面遍布岩石的山坡上散落着许多小小的绿色物体，似乎有几百个。这玩意儿引起了兰博的好奇。他牵着马走到其中一只跟前，弯腰去捡。

“别！”穆萨惊叫。

穆萨声音里的惊恐让兰博伸到这玩意儿上空的手定住了。

穆萨将马勒停，迅速下马。

“看。”穆萨小心翼翼地捡起玩具检查，好像在检查某种令人厌恶的昆虫。然后他用一个谨慎的手心向上动作，将这玩意儿抛向他们身后的荒原。

伴随着一道闪光，这玩意儿发出巨大的爆炸声，飞散的石头和弹片抛起许多尘土。

兰博稳住自己受惊的马。

“敌人留下的陷阱，”穆萨说，“他们把它涂成绿色，伊斯兰的颜色。我们不会去怀疑。但是一不注意触碰它就会被炸伤。受伤在阿富汗就是死，很慢的死。”

兰博义愤填膺。

“你救了我的命，”穆萨说，“现在我救你的命。”

“我们是个很好的团队。”

“印沙安拉。”

“对，”兰博说，“真主的旨意。”

“看，你学会了。”

# 3

“我想让你教我。”兰博说。

他们都骑在马上，穆萨面露喜色：“关于伊斯兰吗？”

“教我说阿富汗语。”

穆萨不赞成地摇摇头。

“我知道在短时间里，我不可能学得很好，”兰博说，“不过要是我懂一些基本词汇……”

穆萨继续摇着头：“阿富汗有 10 个民族，8 种不同的语言，32 种方言，不存在说阿富汗语这回事。”

兰博想起黑风袭来时穆萨说的话，失控的土地。

“这些语言里难道没有使用得比较广泛的吗？”兰博问。

“两种，普什图语和达里语。”

“那就教我其中一种的几句话。”

发出回声的低沉响声变成了强有力的咆哮，兰博身体颠簸了一下，连忙往回勒马，又一阵黑风?

在越来越响的咆哮中，他听到了轰隆隆的、雷鸣般的声音，马上沮丧地知道，自己听到的不祥的声音来自比最黑的风更糟糕的东西。

两架苏联武装直升机从天空飞过，它们之前被右边的悬崖遮住了，现在正在贫瘠的荒原上空高速飞行。米 -24 武装直升机，货车车厢似的流线型机身长着翅膀，翅膀下面挂着形状怪异的各式武器。

他从马上跳下来，牵着马跑向一片巨石成堆的地方。穆萨在他旁边跑。他们跑到巨石堆，藏在石头后面窥视迅速接近、显得越来越大的直升机。

“他们看见我们了！”穆萨说。

直升机加速朝前面 400 英尺远的一道山脊飞过去，兰博伸手去抓袋子里的步枪。

但他没有拿出这件武器，没有必要。直升机没有继续朝这些巨石飞来，而是在山脊上绕了个圈，然后猛扑到山脊下面，消失在他们的视野中。5 秒钟后，兰博听到了机枪开火声，还有几千发子弹将目标打得粉碎的哒哒声。

兰博翻身上马，策马朝那条山脊飞奔。

“别！”穆萨喊道。

除了马蹄声以及此时在山脊后面回响着的爆炸声，兰博几乎听不到穆萨的声音。就在将要跑到山脊边缘的时候,他猛地停下,跳下马来，自己跑过最后几码。

在他下方，一块宽阔的土地不知为何还没有被发现。土地上长着绿油油的庄稼，一条小溪从中流过。在远端，使用干泥砌成的方正的房屋层层叠叠地沿着一面斜坡一直延伸到一座雪山的山麓小丘。这些房屋让他想起在亚利桑那州北部靠着悬崖修建的印第安人的村庄。他判断这些房屋至少有 50 座，而那两架武装直升机正在朝这里飞来。

直升机的火力将房屋摧毁，这个反抗军的据点成了一片瓦砾。

兰博心中的怒火终于爆发了。他转身跑向自己的马，拉开步枪带子末端的拉链，取出枪来。

穆萨朝他飞奔而来："他们会杀了你！趴下！"

但是兰博没有理他，他在给步枪装弹药，将一颗管式枪榴弹塞进枪管下方的榴弹发射器里。他眯起眼睛望着下面的村子，看到一个小姑娘从村子的废墟跑出来，沿着一条小路奔向一丛树。

虽然村子只距离兰博100码，但直升机更近一些。他将左脚踏在一块岩石上，左胳膊肘搁在弯曲的左膝上——这样能瞄得更稳。他沿着步枪的枪管注视，对准前方，屏气凝神。

小姑娘马上就要跑进树丛了。她惊恐地回头张望。兰博扣动扳机。榴弹发射器发出一声咆哮。他用身体吸收了这件武器强大的后坐力，眼睛没有离开目标。

枪榴弹穿透了直升机的机头，树脂玻璃被打得粉碎。先是驾驶舱爆炸，接着整架直升机在炽烈的爆炸中四分五裂。残骸悬停在空中，然后笔直下坠，大块扭曲的金属燃烧着落在庄稼上。残骸主体重重地坠落在地，再次爆炸。

兰博将视线转向小姑娘。她感觉到了这一下是从什么地方发射的，慌乱地望了一眼兰博站着的山脊，再次向树丛跑去。

一声爆炸撼动了山坡，兰博被震得跳了起来。当他摔在坚硬的岩石上时，黑烟在他周围弥漫。又一声爆炸撼动了地面。第二架直升机看到同伴被摧毁，正咆哮着朝山脊飞来。穆萨刚刚策马朝兰博奔来，见他开火便停住了。现在他拨转马头远离硝烟，想要策马逃脱，这时又一次爆炸在山脊下面一点的山坡上炸开一个大洞。

穆萨的马惊了，猛冲起来。他竭力想控制住它的恐慌。马飞快地掠过之前他们藏在后面的巨石。它突然一个趔趄，猛然站直身体，然后改变了方向，将穆萨从身上甩了下去。

机枪子弹疯狂地扫射山脊。兰博连忙滚倒在地，周围尘土飞扬。身后的地面突然陷了下去。他感到失去了重心，接着后背撞在一块石板上，疼得他倒吸一口凉气。他头晕目眩地躺在一条冲沟的底上，一阵凶猛的机枪扫射在冲沟边缘激起无数岩石碎屑，让他更加昏乱。又一次爆炸撼动了地面，尘土、烟雾和浓密的黑烟落在他身上。

但是第二架直升机停止了倾泻子弹，它轰隆隆的咆哮声在很近的地方响起，仿佛是在等烟雾散去，好让机组成员检验一下攻击成果。

兰博忍受着耳朵受到的折磨，再次装填榴弹发射器，扭动着身体爬向冲沟边缘。到处都是烟雾和尘埃，火药的气味刺激着他的鼻孔。他注视着在浓烟后面发出轰鸣的方向，举枪瞄准。烟雾逐渐稀薄，他在飞行员看见自己的一瞬间看见了直升机，距离近得让兰博能看到飞行员震惊的眼睛。

兰博扣动了榴弹发射器的扳机，这一次他没有继续盯着自己的目标，而是向后滚回冲沟里以保护自己。直升机炸成碎片。虽然看不见爆炸，但是他听到了，感受到了。

兰博忍着疼痛站起身，从冲沟里挣扎着走出来。在他开火时，直升机悬停在山脊下方朝着被毁掉的村庄延伸的山坡上空，爆炸让它沿着山坡朝远离自己的方向滚下去。当他走到山脊边缘时，正在燃烧的直升机残骸还在岩石上翻滚，滚向坡底的那条小溪。

他呼出一口恶气，赢了。他紧绷的肌肉突然松弛下来。他的身体颤抖着，总是在战斗之后感到的恶心又来了，还带着一种他希望自己永远不再感受到的兴奋，那是面对死亡然后活下来的兴奋。

时间似乎停滞了，随即重新开始。兰博看向冒着烟的村庄废墟，仔细察看小姑娘逃进去的那片树丛。他转身朝向自己最后一次看见穆萨的地方。在战斗中，他只是模糊地意识到穆萨先是朝自己冲过来，接着为了躲避第二架直升机的攻击又逃走了。他还听见了那匹马惊恐的嘶鸣。

现在他看见马了，它正迅速朝远方跑去，马背上没有人。他将目光扫过去，寻找穆萨的身影。他的视线越过他们之前藏身的巨石，发现一个人虚弱地坐着，向前弓着背，用手捂着头。

兰博转身寻找自己的马，想骑上它快点去穆萨身边。但是在脚迈出去一半时，他愣住了。他在 30 码之外看见了这头牲口，它侧躺在地，肠子从肚皮上的一个大洞里冒出来。兰博开枪打死了它。

穆萨试图站起来，但又重新跌回到地上。兰博朝他跑过去。

这个阿富汗人通常呈蜡黄色的脸现在一片苍白。

“你被打中了吗？”兰博跪在他旁边问道。

“蠢马，把我扔下来了。”穆萨用手捂着头答道。

兰博摘下阿富汗人的帽子，小心翼翼地检查他的后脑勺儿。他没有看到血，但摸到一个大肿块。

“你感到胃里恶心吗？”

“不。”

“看着我，看我的手。”

兰博伸出一根手指来回移动。穆萨的眼珠跟着转。

“你看到重影了吗？”

“没有。”

兰博举起四根手指。

“几根？”

“四根。”

“你厚厚的帽子保护了你。你很幸运，它没有掉。”

穆萨刚要反对。

“不用对我说，”兰博说，“我知道你要说什么，它没有掉是安拉的意志，一切都是印沙安拉。”

虽然还是很疼，但阿富汗人露出了微笑。

“如果我离开你一会儿，你觉得你可以吗？”兰博问，“村子里可能有幸存者，我受过伞兵医疗训练，也许可以帮助他们。”

“去吧。”

# 4

兰博忍着恶心，在闷燃的废墟里搜寻着，虽然似乎打过一百辈子的仗，他还是无法适应战争的疯狂。

一声刮擦石头的声音。兰博转过身，看见一颗小脑袋在另一堆瓦砾那里缩了下去。他赶忙跑过去，但是当他到了那里的时候，已经来不及拦住那个小姑娘了。她猛地冲过更多瓦砾堆，沿着通向村外树丛的小路迅速逃走。他断定她就是他在山脊顶上见到的那个小姑娘，跑过去追她。

“等等！”

但是小姑娘像躲避魔鬼一样拼命地跑。

“停下！我不会伤害你！”

他知道这毫无意义，她不可能明白自己在喊什么。但他又试了一下，希望她能从语调里感觉出自己在说什么。

“请不要跑！我想帮你！”

她不肯停下。

当兰博沿着那条小路追她时，他感到一阵热风拂过脸颊。他听到远处有隆隆声，但这声音并非来自黑风或者苏联武装直升机。小时候在印第安保留地的生活经验让他认出了这种声音：马，很多很多马。

他迟疑了一下。在树丛那边，飞扬的尘土正在沿着山麓小丘迅速靠近。可以看见里面有许多移动着的黑暗的影子，骑马的人，阿富汗骑手。

他们突然从飞扬的尘土中出现，将兰博和那个逃跑的女孩隔开。他们的面孔被愤怒扭曲，他们绕着他跑圈，用马撞他，用鞭子和绳子抽他。

他们猛地停下了。骑着最大的马、个子最高的人似乎是他们的首领。他瞪着严厉高傲的眼睛，长满胡须的脸庞仿佛来自历史书中的照片。“罗西！”他咆哮道。

兰博用不着翻译告诉他，也知道这是在叫他苏联人。

“不！我是美国人！”

“罗西！”首领接着又喊出一些兰博听不懂的命令。

一支枪托猛地砸在兰博的后颈，他踉跄着往前动了几步。马匹围成的圆圈收紧了。一根绳子扔过来套在他的脖子上。一个骑手抓住他的右臂，用一个绳套圈住他的手腕。另一个骑手对他的左手腕做了同样的事，他们分别将每根绳索系在马鞍上。兰博的手臂被拉直，绷得生疼。两个骑手朝相反的方向拉。

“不！我是美国人！我是要——！”

骑手们继续催促他们的马。兰博感觉自己的胳膊正在脱臼。

他们要把我撕成两半。

他发出一声痛苦愤怒的吼叫，紧紧抓住绳索，用最大的力气往回拉。马停步不前。他使劲把胳膊拉了回来。骑手骂了一句，踢马的肚子。

“我是来帮助你们的！”兰博大喊，“我不是苏联人！”

阿富汗人的首领吐了口唾沫，对两名骑手做了个有力的手势，示意他们让马跑起来。

兰博感到手臂中的肌肉开始爆裂。

“不！”

他的叫声伴随着另一个人的叫声。是穆萨，他跌跌撞撞地朝骑兵跑去，用尽全力喊出一些听上去像是抗议的话。

骑手们犹豫了。

穆萨说得很快很急切，语气很坚定。

阿富汗人的首领打了个手势，让手下松了绳子。

“无论你在说什么，继续说下去。”兰博对穆萨说道。

阿富汗人的首领开口说话，穆萨作答。阿富汗人的首领指着直升机的残骸又说了一些话。

穆萨转过来对兰博说：“他不信你摧毁了直升机。”

一个小小的声音让这些部落成员转过头去。那个小姑娘站在通向树丛的小路上，她的声音细小，因为震惊而发抖。她指向直升机燃烧的躯壳，又指向兰博。

这群面容像石头一样坚硬的人沉默了。他们面面相觑，随着小姑娘的继续讲述，他们的怀疑变成了惊奇。首领钦佩地点点头，又做了个手势，这一次是让骑手们把绳索放开。

兰博的双臂被拉得生疼，紧绷感让它们还停留在原来的位置。慢慢地，它们逐渐落回身体两侧。他解开绳子，揉着自己刺痛红肿的手腕。

首领翻身下马，站在兰博对面。炎热的风吹动着首领的上衣，他用锐利的目光看着兰博的眼睛，似乎能够读懂兰博的灵魂。他说了三个词，听上去像是表达感激，并将强壮的手搭在兰博肩上，亲吻兰博的两侧脸颊。

兰博感觉到首领坚硬的胡须扎着自己的皮肤，并且似乎在首领的左眼眼角看到了一滴泪珠。

这个阿富汗人走向那个小姑娘，蹲下来抱住她。小姑娘抽噎着，紧紧搂住他。

穆萨站在兰博身边说道：“他叫哈立德，伟大的战士，这是——”穆萨看了一眼冒着烟的废墟，“——他的村子。”

“告诉他……”兰博咽下一口唾沫，“告诉他我很难过。”

“时机合适的时候。那女孩叫哈丽玛。哈立德欠你的情。”

“因为我打掉了直升机？那有什么用？我没有救下村子。”

“你救了他女儿的命。”

兰博胸膛发紧。

身后的响声让他回过头来。那些部落成员都已经下了马，他们将马拴在大块的瓦砾上，脸色肃穆地走进了曾经属于他们的村庄。

“他们现在去找亲人的尸体，”穆萨说，“去把亲人埋了。”

兰博跟在后面，听到了他们压抑的悲痛呻吟。

“你去哪儿？”穆萨问。

“帮忙挖坟。”

# 5

他们尽可能快地干。兰博和部落成员们使用在飞机残骸中找到的大块金属，在土里挖掘出一条条沟。因为会有更多武装直升机被派来查看他们的同志为什么没有保持无线电联络，所以现在没时间按恰当的规矩料理遗体了。而且因为没有足够的人手和马将这么多遗体运到可以举办穆斯林葬礼的山麓丘陵地带，这些阿富汗人只好一切从简。兰博和部落成员们恭敬地将遗体放进沟里，用土掩埋。绿色的布——伊斯兰的颜色——披在坟墓上。部落成员们为死者吟诵了简短的祷文。虽然他们的声音由于悲痛而哽咽，但穆萨解释说他们的词句是欢乐的。

“死在这里的都是殉教者，现在都在天国。”

兰博嘴上没有重复自己对殉教这一概念的反对，但心里仍然不赞同。可以为死者的牺牲赞美他们，为他们的受苦结束而高兴，但是不要把死当作机会。别渴望死，让敌人死。

“现在该复仇了。”穆萨说。

“这是我相信的东西。”

哈立德发出仪式结束的信号，带着悲伤的眼神，转身离开妻子的墓，抱起抽泣的女儿，骑上了马。其他部落成员也各自上马。兰博和穆萨爬上两个骑手的马，从后面抱住他们的腰。他们开始进入山麓丘陵地带。刚刚进入松林有了掩护，兰博就听见了远处直升机靠近的声音。时间刚刚好，他心想，直升机早来 1 分钟，我们就会被发现。

# 6

牢房的门“砰”的一声打开，惊得陶德曼猛然一抖。他的身体一侧很疼，后背也很疼。嘴唇因为无数次踢打肿了起来，脸上泛起团团淤青。他的眼睛疼得最厉害，即便用尽全力将它们闭紧，天花板上用金属网罩保护起来的聚光灯也会用强光穿透他的眼皮，刺痛他的双眼。他感觉自己的视网膜上覆盖着滚烫的白沙。睡觉，只要我能睡一会儿……

在打开的门外，一个刺耳的声音用俄语说：“中士，他准备开口了吗？”

一个迟疑不决的声音回答：“上校，距离他上次睡觉已经36小时了。他一开始打盹，我们就用这个叫醒他。”

一个电喇叭突然响起，声音大得陶德曼叫喊着捂住耳朵，害怕耳膜会被震破。

电喇叭令人欣喜地不响了，靴子踏地发出的脚步声传入牢房。陶德曼蜷缩在空空如也的囚室的一角，痛苦地眯起眼，看向身材瘦削、站得笔直的上校，他说过他的名字是扎桑。

这位上校用不含感情的语气宣布：“我希望你现在回答问题。”

陶德曼抬起一只手放在眼睛上方，试图遮盖刺目的光线。他口干舌燥，舔了舔肿胀结痂的嘴唇。

“你在毫无必要地受苦，”扎桑说，“想喝一杯凉爽的水吗？回答我的问题，你就可以喝。你愿意承认是你的政府派你来的吗？你能不能告诉我去哪里找叛军首领阿克拉姆·海德尔？你为什么来阿富汗？”

“你为什么来阿富汗？”陶德曼问。

“如果你想受苦，那就受去吧。我有的是时间。”扎桑对走廊里的某个人做了个手势。

那个叫考诺夫的大块头秃顶中士走了进来，嘴角带着残忍的表情。

他抓住陶德曼的头发，将他的头往墙上撞。

无法言说的痛苦又开始了。

# 避难所

# 1

离开炙热的荒原，凉爽的山区空气闻起来甜丝丝的，马蹄下的地面柔软肥沃。兰博坐在一名阿富汗骑手的身后，他的目光越过其他骑手和哈立德，落在山石之间的一条小道上。它缓缓向上延伸，进入松林之中，树脂的芳香似乎是地球上最让人愉悦的东西。但是兰博看见松林里有动静，刚要喊出来警告骑手们，才发现这些奔跑的人影是孩子。他们叫着跳着，热烈地欢迎骑手们。哈立德强忍悲痛假装微笑，孩子们在马旁边奔跑。

松林很快变成了一块空地，而空地边缘是一座半圆形的悬崖。在左边，一条小瀑布形成了一个水池。空地上摆满帐篷，其中一些帐篷盖着破破烂烂的防空伪装网。戴面纱的女人穿着长及脚踝的衣服，在石头垒的灶上烧无烟煤做饭，其他女人在揉面团、补衣服、照料牲畜。男人们三五成群地坐着，一边喝茶一边擦拭古老的恩菲尔德步枪，还有一群人正在观看两个10来岁的男孩摔跤，他们在一旁叫喊着，发出指导和鼓励。

当哈立德和他的游击队进入营地时，所有活动都停止了。村民们聚集过来，一开始很高兴看见哈立德和他的手下，接着对他们脸上悲戚的表情困惑不解，然后用怀疑的眼神看着兰博。这是个外来者，不信安拉的人。

哈立德抱着女儿下马，解释了发生的事情。人群发出悲痛的呜咽声。

兰博站在他后面不显眼的地方 。

穆萨走过来。

“这是他们的行动基地吗？”兰博问。

“在苏联人发现之前是的。哈立德认为村子太危险了。他选择了这个地方，把他的村民搬到这里。但是一次搬不完，有太多人、太多东西要搬了。他把妻子和女儿留在村子里，不想显得自己有所偏爱。他今天是回去接他们的。”

兰博想象着哈立德承受的痛苦。哈立德需要公平行事，这样做的代价是他的妻子。

“苏联人快要找到这座营地的话，”穆萨说，“就搬到其他地方。”

“然后再搬到其他地方，”兰博说，“永远没有尽头。”

# 2

在这临时搭建的村庄的帐篷后面，悬崖上有几个山洞入口。哈立德领着兰博和穆萨进入一个宽敞的山洞。随着太阳开始落下，山洞里的阴影更暗了。

这个山洞是医务室，伤病员躺在毯子、散乱的秸秆或者沾染血迹的泛黄亚麻床单上。兰博看见了和白沙瓦的那个武器商店一样的拐杖和假肢，有些是用木头雕刻的，有些是用金属粗糙地做成的。一个岩架上摆着几只木头脚，一根绳子水平地绑在山洞天花板突出的几块粗糙岩石上，绳子上吊着几盏煤油灯。

哈立德领着女儿走向一个人跟前，那人正跪在一个昏迷不醒的伤员旁边，为他血迹斑斑的胸口换绷带。当那个人换完绷带站起来时，兰博看到一个淡黄色头发的疲惫女人。她看上去 40 岁出头的样子，穿着落满灰尘的卡其色上衣和裤子，面容坚毅，带点儿男子气概。她点燃了一根香烟。

哈立德用紧张的声音重复了一遍他刚刚对村民说的事情。

女人的眼睛眯了起来，以震惊的语气回应了两句，然后弯腰去给哈丽玛检查。小姑娘看上去沉默孤僻，双眼直勾勾地盯住前方，仿佛固定在噩梦般的回忆中。一个戴面纱的阿富汗女人走过来帮忙。哈立德关切地看着自己的孩子，她的伤口和淤青得到了清洁和处理。哈立德把她领到山洞一侧，尽力压抑自己的悲痛，安慰着她。

淡黄色头发的女人嘴里叼着香烟，端详着兰博。

“美国人？”她说话带荷兰口音。

兰博点点头。

“米歇尔·皮莱尔。”她伸出手。

“兰博。”他和她握了手。

她继续打量他：“你没有相机，你应该不是记者。你没有像其他人一样，来观看这场战争，拍照片，然后走人。你为什么来这儿？”

“我在找人。”

“谁？”女人吸了口烟。

“一个朋友，也是美国人，苏联人抓住了他。”

“愿上帝保佑他。他们把他关在哪儿？”

“我希望这些人可以告诉我。”

哈立德突然说话了。

“他说你们等会儿再谈。”穆萨说。

“好的，等会儿。”米歇尔应声说道。

“现在你跟他走，”穆萨说，“他和村民们做祷告，然后带你和议会谈话。”

# 3

夜晚。30 名游击队员坐成一个半圆，他们的黑眼睛映出火光，盯着坐在对面的兰博。哈立德坐在左边远端。来自其他部落的两个酋长也来参加会议。其中一个年近 30，胡子刮得干干净净，身体瘦削结实。他的名字是拉希姆，似乎拥有和哈立德旗鼓相当的名声。而另一个长着一张发怒公牛的脸，40 多岁，大高个儿，留着络腮胡子，从耳朵到下巴都点缀着银色的胡须。他的名字是阿克拉姆，人们对他的尊重就像他是活着的传奇。阿克拉姆显然不喜欢和陌生人打交道，尤其是不信安拉的人。

当阿克拉姆、拉希姆和哈立德热烈交谈的时候，穆萨坐在兰博后面向他解释："阿克拉姆说你是苏联间谍。"

"这说不通啊，"兰博说，"间谍会把自己国家的两架直升机射下来吗？"

"哈立德解释了这一点。阿克拉姆说苏联人为了做任何事。"

"我还救了哈立德的女儿，那应该能证明我对他们没有恶意。"

"阿克拉姆说你为什么没有救整个村子。哈立德说他信任你，欠你的情。阿克拉姆说你是克格勃。拉希姆保持——你们怎么说来着——保持中立。"

三位首领继续争论，游击队员们听着。

穆萨解释道:“哈立德让他们相信你不是苏联人。长得不像苏联人，说话也不像苏联人。”

“很好。”

“但我觉得他们不会帮忙。”

游击队员们转过脸来看兰博。穆萨用很快的语速对他们说话，语气恭敬但坚定，拉希姆翻译。当拉希姆还有另外两个首领说话时，穆萨翻译。

“你说你是美国人，无关紧要，美国也不是朋友，”拉希姆说，“我们打仗想要帮助，来自其他国家的帮助。但帮助没有出现。我们不会帮助那些不帮助我们的人。”

兰博试图回答，但阿克拉姆阻止了他。

“我们听说你的国家帮了很多人。在阿富汗，没有帮助。我们为生存而战，只有我们。”

兰博终于有机会说话了：“我不是因为我的政府来到这里的，我是自己来的，来找我的朋友。另外，美国已经送了援助，我的朋友就是来调查为什么我的国家送来的物资没有到达你们手里。”

“都是空话。”阿克拉姆说。

“我带来的武器不只是空话。”

阿克拉姆坐得更直了：“武器？”

“自动步枪和弹药，”兰博说，“还有炸药，我带了两匹驮马能驮走的量。”

拉希姆四下张望着问道：“驮马呢？我没看见武器。”

“马在来这儿的路上死了。”

阿克拉姆发出一声冷笑：“空话，步枪是谎言。”

“我们把武器埋起来了，还做了标记，从这里骑 3 个小时的马就能找到。”兰博说。

“你觉得你能找到这个神秘的地点吗？”阿克拉姆说。

“不能。”

“当然不能，那些武器不存在。”

“但我能找到它们。”穆萨说。

拉希姆摩挲着刮得干干净净的下巴问道：“你确定吗？”

“如果风没有把标记埋起来的话。”

“如果，如果你找不到武器，你们两个都得死。”阿克拉姆说。

哈立德在整段对话中一直保持沉默。最后，他开口了：“我信任这个美国人，也相信他带了武器，如果找不到，也不是他的错。为了我女儿的命，我不会让你们杀了他。”

“我们等到明天再看。”阿克拉姆说。

“如果找到武器了呢？”兰博问，“你们会帮我找到我的朋友吗？”

“如果苏联人抓住了你的朋友，他就不可能得救了。”

“我不相信。”

“很多反抗军战士被抓住，被折磨拷打。他不可能得救。”阿克拉姆说。

“我必须试试。”

“那样的话，即使我们没有杀死你，苏联人也会杀死你。”

# 4

黎明时分，村民做完祷告，兰博看着穆萨和3个反抗军战士骑马从营地出发，后面还跟着两匹背上空空如也的驮马。其中1个战士是哈立德的人，另外两个战士分别是拉希姆和阿克拉姆的人，他们是搜寻武器的见证人。

仔细找，兰博心想，上校的命靠你了，穆萨，找到那些步枪。

兰博的目光跟着他们穿过松林，在一处断崖停下。他看着他们消失在下面的山麓丘陵。在远方，尘土形成的云团在荒原上飞掠而过。

他向左转身，看见一片宽敞的空地。10个阿富汗战士正在玩一种游戏，他们每人手里拿着一支长矛，骑在奔驰的马背上，轮流向钉在地里的一根3英寸长的帐篷桩冲去。

当兰博靠近空地时，阿富汗人注意到了他。他们加快速度来来回回地冲刺，卖弄着，想要刺中帐篷桩。

“如果他们发现了步枪，你估计他们什么时候回来？”

身后的声音让兰博转过身去。是米歇尔，他昨天在山洞医务室见到的那个浅黄色头发的荷兰女人。

“下午早些时候。”兰博说。

“别怪这些人起疑心，他们经历了那些遭遇之后，很难再相信外来人。”

“我只是希望——”

“如果那些武器注定要被找到的，就会被找到的。”

“你在阿富汗待了很长时间。”

米歇尔扬起眉毛问道：“你怎么知道？”

“‘注定要被找到’？你像穆斯林一样思考。”兰博说。

“伊斯兰教义里有很多智慧，”米歇尔说，“命运这个概念让这些人相信，他们遭受的苦难是有目的的。”

兰博苦涩地摇摇头：“我不承认这个。我不相信命运，而且受苦毫无意义。”

“但受苦也是事实，痛苦需要得到处理，”米歇尔指向山洞里的医务室说，“每天我都必须处理痛苦，如果我不相信他们的受苦有某种意义的话，我是坚持不下去的。”

“你弄明白这意义是什么了吗？”

“还没有。”

“我不这样认为。”

兰博又回头看那场游戏。

一个策马疾驰的骑手刺中了帐篷桩，将它从地里拽出来，其他人爆发出一阵欢呼。

几个骑手转身看向兰博这边。

下一个骑手没刺中桩，遭到众人的奚落。

更多骑手看向兰博。

“别被他们无忧无虑的态度误导，”米歇尔说，“这场战争从未离开过他们的头脑，他们玩这种游戏时带着悲伤……还有自豪……是为了提醒自己这个国家曾经是什么样子。”

一个退出游戏的骑手对兰博喊了一句什么。

“他在说什么？”兰博问。

“他想让你加入游戏。”米歇尔说。

这个阿富汗人招手示意兰博上马。一个块头更大的骑手叫喊着，指向帐篷桩。

“别看，”米歇尔说，“他们会拉你加入的。”

又有两个骑手对兰博喊了起来。

他摇摇头，举起双手，仿佛在说他对这种游戏一无所知。骑手们粗声粗气地叫喊。

“这回他们在说什么？”兰博问。

“只是阿富汗人平常用来羞辱人的话，别为这些话烦心。”

“告诉我。”

“他们觉得……”

“什么？”

“没什么。”

“告诉我。”

“他们觉得你害怕了。”

“我可不能容忍这种事情。”兰博走进了空地。

“不！”米歇尔说，“他们从小就开始玩这个！他们让它看起来容易，但实际上——！”

“我需要让他们尊重我。”

兰博走到玩游戏的人跟前。一个咧嘴笑的阿富汗人把缰绳递给他。兰博骑上马，抓住递到他手里的一根长矛。

其他玩游戏的人用手肘轻轻推动彼此。

兰博将目光集中在50码外的帐篷桩上，就像他在那座寺庙里拉禅宗之弓一样，他是如此全神贯注，以至于四周的一切都消失了，只是如今握在他手里的不是弓，而是长矛。他用脚后跟夹紧马肚子，马向前猛冲。它的蹄子重重地敲击着地面，肩骨隆起的部位在他身下剧烈起伏。伴随着惊人的速度，帐篷桩在视野中迅速变大。

他握紧长矛瞄准，手臂筋肉绷紧。马跑得更快了，帐篷桩更近了。

他刺出长矛。

长矛扎进了地里，震得他挂在半空，而马还在继续狂奔。他所知道的下一件事就是自己落在地上，疼得倒吸一大口凉气。

阿富汗人大笑。

兰博慢慢站起来。笑话已经传开了，其他阿富汗人从营地里走出来，从空地边缘的树林朝这边看。

兰博走向刚把自己摔下来的那匹马，重新骑了上去。

“别！”米歇尔叫道，“你会死的！”

兰博没理她。这次当一个咧嘴笑的战士递给他一根长矛时，他拒绝了。

战士的笑容消失了。玩游戏的人和村民们面面相觑，迷惑不解。

兰博骑回到他刚开始的地方，再次盯住帐篷桩，决心让他的注意力更加敏锐。

他用脚后跟猛戳马肚子，这个命令如此有力，马像脱缰一样猛然飞奔，速度甚至比上一次更快，它迈开大步朝帐篷桩冲去。

帐篷桩更加剧烈地放大。

在一片模糊中，兰博拔出他巨大的刀，放开缰绳，抓住马鞍，弯下身去，直到头与马镫齐平。随着他出手猛刺，他那把又长又弯、像剑似的刀被太阳照得寒光一闪，一下子刺中了桩，将它从地里拽出来。他将闪着光的刀高高举起，好让每个人都能看到帐篷桩。他在马鞍上挺直身躯，绕着空地疾驰。

阿富汗人无法抑制他们的反应，他们狂呼呐喊，热情的笑声中满是赞许。

兰博再次从马鞍上向前弯下身来，将帐篷桩插回地面，返回把马借给他的骑手那里。

阿克拉姆一直在树林里看着。他神情坚毅地向前走来，胡子里的银丝在明亮的阳光下闪烁。他开口说话，但兰博不明白他在说什么。

米歇尔当翻译，语气中掩饰不住自己的担心："他说你的表现令人难忘，他想知道你是否愿意玩一种不一样的比赛。"

"我会玩的，"兰博说，"如果这能让他信任我。"

"不，"米歇尔说，"想办法体面地退出吧。他想要你，让你看起来像傻瓜。"

"如果我不玩，看起来才像傻瓜。"

"但是恐怕我知道他想的是什么比赛。"

"布兹卡兹。"阿克拉姆说。

"布兹卡兹？"兰博皱起眉头。

"抢牛犊的游戏。"米歇尔解释道。

"抢……？"

"这是阿富汗的全民运动，阿克拉姆是专家，和他玩就像是和重量级拳击冠军打拳一样。"

"我别无选择。"

# 5

“布兹卡兹”就是所谓的马背叼羊，顾名思义，是骑着马玩的，而且不光可以用山羊玩，也可以用牛犊玩。将一只被砍掉脑袋的牛犊放在沟里，比赛的要点是人跑到沟边，和其他选手争抢牛犊，抢到之后将牛犊丢到马鞍上，跳上马，骑着马穿过一片场地。在这片场地末端，你需要骑在马上围着一个标记绕一圈，策马再次穿过这片场地跑回来，把牛犊扔进最开始的那条沟里。在这个过程中，马背上的其他选手会从你手里抢夺牛犊，好让自己把牛犊扔回沟里，赢得比赛。

很简单。

而且残忍。

整个营地的人都出来观看。由于食物短缺，便选了一头生病的牛犊砍头。它的血刚一停止喷涌，就被放进了空地末端的一条犁沟里。

兰博、阿克拉姆和其他 10 个部落成员等待着比赛开始，他们的马站在身后。阿克拉姆两脚分开地站着，挺起胸膛，是个意图再次证明自己的卫冕冠军。

除了不择手段争取胜利之外，这场比赛基本上没有规则。村子里的屠户是裁判。

兰博脱掉上衣，雄壮的肌肉起伏不平。他伸展了一下自己强壮的胳膊和肩膀。

屠户举起剑大喊一声。

比赛开始了。

阿克拉姆和其他阿富汗人向前猛冲，兰博跟在他们身后。那条沟变成了你争我抢的战场，到处都是扭动的身体和抓握的手掌。一个部落成员肚子上挨了一肘，呻吟着弯下了腰。另一个部落成员刚刚抓住牛犊的一条后腿，就被对手推到一边，而后者才刚抬起牛犊，就被打倒在地，血从牛犊断掉的脖子里喷出。

牛血洒在兰博的胸口和脸上。他侧身用肩膀挤进两个人之间，伸手去够牛犊，却感觉有人从下面踢开了自己的腿。

把他踢倒的人是阿克拉姆。这位酋长连挤带推，又拉又拽，从部落成员中冲出一条路。抓住牛犊之后，阿克拉姆用膝盖顶向一个对手的腹股沟，全力朝自己的马跑去。兰博仍然趴在地上，他抓住阿克拉姆的脚踝，把他摔倒，然后匆忙朝牛犊爬过去。有人在兰博的背上踩了一脚。还有人踩着他的头跑过。

兰博吐出嘴里的土，跳了起来，跑到阿克拉姆身边，阻止一个部落成员将牛犊抛到自己的马鞍上。阿克拉姆猛推兰博，试图让他失去平衡。兰博反推回去，然后抓住身后的一个部落成员，一个过肩摔把他扔在地上。他跑过另两个人，躲开对着他脊柱的一拳，猛地扑向那个已经把牛犊甩到自己马上的选手。

但是阿克拉姆先到了那个选手跟前，将他推得双膝跪地，然后用他的背当上马石，一下子跳上马。他踢着马肚子，催促马儿向前。

兰博朝马跑过去，跳起来抓住阿克拉姆的肩膀，两个人一起摔在地上。阿克拉姆怒吼一声，猛击兰博肋部，然后去追马背上没有骑手的马，其他部落成员也在追。

牛犊开始往下滑。有人把它推回去，迅速跳上马背。那人被打到了一边，取代他的人也被打到了一边。阿克拉姆左冲右突，推开其他选手，跑到这匹马身边，一跃而上。

兰博第一个跨上了自己的马。村民们喊着阿克拉姆的名字，兰博在他身后策马狂追，身后跟着现在已经上马的其他部落成员。阿克拉姆把牛犊放在自己前面。牛犊的肚子耷拉在马脖子上，4条腿在两边晃荡。

兰博追上他，伸手去抓牛犊，阿克拉姆猛地将他的手打得缩了回去。

兰博再次尝试。阿克拉姆挥动缰绳，先抽兰博的手，然后是他的脸。

兰博脸颊刺痛，他不再去抓牛犊，而是去抓阿克拉姆。他不顾手上火辣辣的鞭打，愤怒地猛拽阿克拉姆的胳膊，几乎把他拉下来。阿富汗人竭力稳住了自己。

但是当他坐稳时，兰博已经拽走了牛犊。兰博只抓着一只蹄子，当他试图将牛犊甩到自己的马背上时，突然增加的重量让他的身体倾斜了一下。3秒的停滞给了阿克拉姆足够的时间追赶。他抓住了牛犊反方向的一条腿。俩人肩并肩疾驰，都拽住牛犊的一边，它的皮肤在绽开，肌肉爆裂。

我们会把它扯成两半！兰博心想。

其他骑手突然围了过来，对兰博和阿克拉姆又推又挤，想让他们松手。一匹马撞上兰博的腿。他一缩，手指从牛犊上滑落。又一匹马撞上兰博的腿。他发出一声呻吟，牛犊就脱手了。

乱哄哄的骑手们跑到场地末端。阿克拉姆紧抓小牛犊，催促自己的马围着石头标记绕圈，踢马的肚子，开始往回疾驰。当兰博转过标记时，他旁边的两匹马撞在一起，骑手从马背上栽了下来。兰博往前猛冲。

牛犊在阿克拉姆手里晃荡，拖在地上，它肚子上的皮被地面划破了。兰博飞速靠近。他先避开一个试图撞他的骑手，又避开另一个试图跑到前面挡住去路的骑手，成功地挡住了另一个骑手的去路。

眼看追得越来越近，他告诉自己阿克拉姆赢了也无关紧要，只要他们知道我尽力了，我就会获得他们的尊重。阿克拉姆赢了更好。如果我赢了，阿克拉姆会丢面子，更恨我，无论他拿不拿得到步枪，到时候都会拒绝帮忙。兰博被相互冲突的想法搞得有些困惑，他与阿克拉姆齐头并进地飞驰着，试图再次抓住牛犊。而阿克拉姆又用鞭子抽向他。

抽在嘴唇上。

抽在鼻子和眼睛上。

兰博感到自己仿佛被一群大黄蜂蜇了。

你这家伙！

鲜血的味道令兰博愤怒地向前猛扑，他抓住阿克拉姆的胡子，恶狠狠地扯，决心把它们连根拔起。

他没有成功，但是阿克拉姆尖叫起来，保护自己的胡子。兰博趁机把牛犊拽走了。听到追来的马蹄声，兰博刚要把牛犊甩在马鞍上，但是转念一想，决定把它搭在自己脖子后面，扛在双肩上。他被它的重量压弯了腰，便放开缰绳，用膝盖引导马的方向，双臂紧紧地搂住牛犊的腿。

他两边都有骑手伸手去抓牛犊。他策马向前飞奔，那条沟隐约出现。阿克拉姆将兰博的右臂从牛犊上撞开，抓住了它的腿。兰博用左臂紧紧固定住牛犊，右手用力去掰阿克拉姆的手指。

牛犊在兰博双肩上拉伸开来，它肚子上被割破的伤口一下子打开了，内脏倾泻在他身上，胃、肝、肠子流到他赤裸的胸膛上，血浸透了他，弯弯曲曲的肠子就像扭动的蛇一样挂在他身上。各种脏器哗啦啦地往下掉，热烘烘、滑溜溜、湿漉漉的，把他弄得肮脏不堪。它们的臭气让人难以忍受。

他拧阿克拉姆的胳膊，直到他觉得它要断了才罢手，但阿克拉姆不肯罢手，甚至当他们到了沟边时，阿克拉姆也不愿意放弃。兰博探身向前从马上跌落下来，差点儿带着阿克拉姆一起掉下来。直到这时，阿克拉姆才松开了手。兰博跌跌撞撞地走进沟里，和身下的牛犊一起重重地摔在沟里，他的脸和胸膛几乎和撕裂的牛犊以及它的内脏变成了一个样，难以分辨。

他仰卧着，呼哧呼哧地喘气，拼命忍住不吐。

实际上他的呼吸成了他能听到的唯一声音。选手们沉默着，村民们哑口无言，震惊于获胜的竟然是兰博，一个外来者，不信安拉的人。阿克拉姆瞪大眼睛，通红的双眼像燃烧的煤炭。

这位酋长吼出一句听上去像咒骂的话，从马上跳下来，冲进沟里，抓住兰博的肩膀，把他从地上拽起来。

兰博没有反抗，自己让情绪占了上风，让自己在愤怒之下获得了胜利，他知道自己应该受到惩罚。

伴随着另一句像是咒骂的话，阿克拉姆抱住了他。

兰博惊讶地眨着眼。

血浸透了阿克拉姆的上衣，内脏碎块粘在他身上。他亲吻兰博的脸颊，和他握手。

村民们现在知道该作何反应了，欢呼声充斥着开阔地，其他选手匆忙赶来，拥抱兰博，分享牛血热烘烘的黏稠感。他们七嘴八舌地说着话，亲吻兰博的脸颊，然后热烈地和他握手。

不知所措的兰博只有用笑脸回应他们的笑脸。

阿克拉姆说了一通话，走向哈立德和拉希姆，朝他们点点头，用手指着兰博。

村民们一边兴奋地谈论着，一边四散而去，消失在树林里，回了营地。精疲力尽的选手们走回去照顾他们大汗淋漓的马。

米歇尔走过来，点燃一支香烟："看起来你交到了一个朋友。"

兰博仍然很困惑，他摸了摸脸上刺痛的鞭痕。

米歇尔继续说："阿克拉姆说没有苏联人可以在马背叼羊比赛里胜过他。据他所知，你绝对不是敌人。也许我可以加一句，你还很会判断人的个性。"

兰博一瘸一拐地从沟里走出来："我不明白。"

"一开始我希望你足够聪明，尽量表现，但是输掉比赛。"

"我一开始也是这么想的。"

"但是你的本性里没有输掉这回事。"

兰博看了一眼沾在被血浸透的裤子上的内脏说道："看上去是这样。"

"当有人下决心获胜不然宁可死的时候，这些人能感觉得出来，你不可能骗过他们。如果你有所保留，阿克拉姆会讨厌你的。这就是我的意思，你很善于判断人的个性。你意识到你需要赢，阿克拉姆的荣誉感迫使他给你赞扬。赢了他，你一定是非同一般的人，他会这么说。而用这种方式，他让自己看上去也非同一般，一个冠军宽宏大度地接受了另一个冠军。你非常狡猾。"

“说实话，我并没有想得那么透彻。我只是做了——”

“这很自然，”米歇尔吐出一口烟，“阿克拉姆甚至握了你的手。”

“还亲了我的脸。”

“你不明白阿富汗人的习俗。这些人有一句谚语：‘亲吻一个人的脸颊是礼貌，握他的手才是永远的铭记。’到医务室来，我给你的伤口消毒。”

“不，我还有事得先做。”

“什么？”

“照顾他们借给我的马。”

# 6

一个白胡子老人踏上一块巨石，吟唱起午祷祷词来，声音单调而低沉。阿富汗人聚集在他面前,把毯子铺在地上,面向西南麦加的方向。

兰博转身走进山洞的阴凉处。米歇尔一直在治疗的受伤男子昨天夜里死了，现在一个脸被烧黑的男孩躺在他的位置。

米歇尔带着一块布和一盆水走向他。

“到那块毯子后面去，脱掉衣服，擦洗一下身体。那里有干净的上衣和裤子，我要把你身上这些被血浸透的东西拿出去，免得臭味让我的病人更不舒服。”

“那头牛犊让我闻起来那么糟糕吗？我都要习惯了。”

“人可以习惯几乎所有事。”

“不，”兰博眯起眼看向男孩灼伤的脸，“不是所有事。”

他走到毯子后面。出来之后，米歇尔给他手上和胸口上的鞭痕清洗消毒。

“这些伤痕不严重，”她说，“你不会留疤的。”

“我的疤痕已经足够多了。”

“我注意到了，你到底是什么人？”

“只是个寻求安宁的人。”

“很显然你的经历正好相反。寻求安宁？是的，难道我们不都是如此吗？”

兰博听到木头敲击岩石的声音，转过身去，看到一个没有腿的老人用木棍当作拐杖，艰难地经过山洞的入口。

“一枚迫击炮弹炸飞了他的双腿，”米歇尔解释道，“现在他是一个爬行的地雷探测器。”

“一个什么？”

“他扭动着身体穿过雷区，找出一条安全通道。他不担心触到地雷，因为他觉得除了生命已没有多少东西可以失去了。但是和他的国家相比，他的生命算不了什么。就像他的其他同胞一样，他有伟大的精神，但是除此之外几乎什么也没有。”

兰博走出山洞，感到十分沉重。他闭上双眼平息自己的痛苦。再睁开双眼时，心中涌起希望。他看见穆萨骑着马进入营地，身后跟着那三个护卫，他们的两匹驮马载着板条箱。

村民们围绕在驮马旁，急忙卸下板条箱。哈立德、拉希姆和阿克拉姆穿过人群，阿克拉姆用一把剑撬开一个板条箱的盖子，向里看去，拿出一把步枪来。他转身朝向站在山洞入口的兰博，欢欣鼓舞地举起一把 M-16 步枪。

兰博举起拳头摇晃着，仿佛他手里也拿着一把步枪。

米歇尔从山洞里走出来：“好了，他们现在会帮你找你的朋友了。”

# 7

陶德曼痛苦地躺在被聚光灯照射的牢房地板上。淤青让他的脸肿起来，身体一动后腰就疼。上一次撒尿的时候，他尿出了血。

扎桑上校、考诺夫中士，还有几个苏联士兵环绕在他身边。

“你在这里孤身一人，”扎桑说，“你只能依靠我们。没有人打听你，没有人试着找你。你已经被你的政府抛弃了。”

陶德曼面对着一堵墙，不理他。

“我们都被当作消耗品，我鄙夷这种方式，”扎桑说，“但是我向你保证，我不想失去你带来的机会，我要离开这个国家。所以我再问你一次，别再承受没有必要的痛苦了，你为什么来阿富汗？”

考诺夫踢陶德曼的肚子。陶德曼猛地蹲在地上，膝盖缩到胸前。

“你为什么来阿富汗？”

“没打算，”陶德曼倒吸一口凉气，“穿越边境……出错了。”

“再说一遍！这次我要听实话！”

考诺夫踢陶德曼的背。

“你穿越边境时在干什么？”

“看风景。”

“搞间谍活动！有多少美国人和你一起来？”

“没有。”

“撒谎！有多少美国人穿越了边境？别浪费我的时间，也别侮辱我的智商！”扎桑用命令的语气说，“昨天有两架武装直升机被射下来了！这种事从未在我的防区出现过！你以为我会相信你的到来和昨天的袭击是巧合吗？我去哪儿能找到叛乱分子的首领阿克拉姆·海德尔？我去哪儿能找到另一个匪帮首领哈立德？还有一个叫拉希姆的！你是来承诺给他们武器的，帮助他们，训练他们，让他们学会杀死更多我们的人！他们在哪里扎营？”

考诺夫重击陶德曼的脸。

“如果存在某种计划，想要扰乱本地区的秩序，从而毁掉我的名声，”扎桑说，“我会让你告诉我的。”

# 痛苦之谷

# 1

兰博坐在营地边缘被落日染红的树林里，感到心中有些不安。他擦完自己的步枪兼榴弹发射器，第三次检查起了装着炸药的板条箱。

在营地里，一场婚礼即将举行。妇女们戴上华丽的面纱，男人们用木片将红色、绿色或者蓝色的染料往眼皮上涂，画出细线。几个男人将鲜艳的花插进头巾。乐师们演奏着充满异域情调的乐器。一个小小的长方形盒子的声音很像高音手风琴，盒子后面进气出气，前面有按键。一件又细又长的金属弦乐器听上去像调得很紧的曼陀林琴。一顿加了大量香料的晚餐是用这个村子仅剩的食物烹制的，羊肉混合着咖喱和米饭，香味在空气中弥漫。

穆萨走过来："有时候我真不理解这种生活，人们上午结婚，下午就死了。战争让人们匆匆忙忙。"

兰博点点头："有时候几天过得就像许多年。"

一个迫近的声音让他抓起自己的武器，转身朝向哒哒的马蹄声。他看见一名骑手冲进营地，翻身下马，朝哈立德跑去。那人急切地说着什么。他身上的军装让兰博警觉地站起来。

"他是个政府军士兵。"兰博说。

"他还是我们的间谍。来到这里之后，他就不敢返回自己的基地了，但是他带来的消息值得付出这样的代价。"

"消息？"

"他说明天苏联人要派一支装甲纵队到这里来。"

# 2

男人们现在跳的舞不是为了婚礼，而是为了战斗。他们的影子在被火光照亮的营地中舞动，鼓和西塔尔琴发出有节奏的乐声。明天要打仗的消息传到了其他村子。100 名圣战战士兴奋地忙活着，检查武器，照料马匹。孩子们睁大了眼睛，在一座山洞里看着，而妇女们急忙赶来帮助她们的丈夫。

哈立德、拉希姆和阿克拉姆从一顶帐篷里走出来，激烈地争论着。

兰博在黑暗的树林里看着。

“穆萨，他们在争什么？”

“谁来带领这些人，谁做攻击计划。所有酋长都认为自己比其他人聪明，他们都认为自己的计划是最好的，他们都觉得自己知道真主的旨意。”

“如果他们不能决定下来，他们都会被杀死。”

穆萨耸耸肩：“他们总是争吵，这就是反抗军的问题，阿富汗国内部落的问题。所有部落、所有首领都是平等的，每个部落都有自己的方式，他们不合作。”

兰博看着三位首领都试图用眼神镇住对方。拉希姆顽固地摇摇头，走开了。哈立德和阿克拉姆跟着他，每个人都坚持着自己的观点。

他们争辩着走进兰博站着的树林，一堆营火照出了黑暗中的他。

看见他之后，三个人停下脚步。

兰博知道要发生什么。至少有一件事是他们一致同意的，他心想。

“你和我们战斗，美国人。”哈立德说道，穆萨翻译。

“不，我来这儿是为了找我的朋友。”

“这件事可以等，”拉希姆插嘴，“我们必须阻止苏联车队，不能让士兵发现我们的村子。”

“但是我的朋友怎么办？”

“我们先帮助我们的人民，然后我们再帮助你，”阿克拉姆坚持着，“你战斗，还是旁观？”

果然，挑战出现了，兰博心想，他让这件事和荣誉联系起来，如果我不战斗，我就会像个懦夫，我就会回到一开始他们见到我的时候。

从内心深处，他不想这样做。

“你们要攻击哪里？”兰博问。

“距离这里20公里的一条山谷，”阿克拉姆说，“足够远，他们不会怀疑到我们藏身的地方。”

“我想在黎明前2小时前往那里，我需要6个人。”

“不，你和我们一起去。”阿克拉姆用命令的语气说。

“仔细听着，”兰博的声音锐利得像挂在他腰间的刀子，“如果你们想要我帮忙，你们就让我按照我的方式做。”

酋长们震惊地眨着眼。没有人像这样和他们说过话，更别说是外来者了。他们惊讶地对视。阿克拉姆摸了摸自己花白的胡子，仿佛是回忆起他们玩的马背叼羊和由此结成的情谊，他缓缓点了点头。

# 3

兰博往后拽马的缰绳，将马勒停在一座悬崖上，下面是一条岩石遍地的山谷。沙子上泛起闪烁的月光，无数山石像是巨大的头骨。

“这是什么地方？”

穆萨停住自己的马，他身边还有6个和他们一起骑马过来的圣战战士：“他们叫它痛苦之谷。”

月光照出一条古老的土路，它穿过一条狭窄的山口向右边延伸。山口的出口向外打开，就像漏斗的口一样，出去是一片平原，两侧全是悬崖峭壁。

“那儿，”兰博伸手指着，“我们就在那里埋炸药。”

当他们抵达山口顶部时，夜色已经变成了灰蒙蒙的假曙光。兰博从自己的马背上卸下一箱炸药。等到第一抹真正的曙光出现，他仔细观察山口两侧，准备埋炸药。他将C-4塑胶炸药放进金属管，每只金属管插进一个雷管，然后用电线将每个雷管连接到一个用电池供电的微型无线电接收器上，最后把金属管的盖子盖好。

“穆萨，告诉这些人，对待这些东西要像对待婴儿一样温柔。”

“他们会照你说的做。他们想死在战斗中，不是战斗之前。”

“别说什么死不死的，”兰博指出山口两侧和山谷之内的战略要点，“让他们把炸药放进石头缝里，或者埋深一点儿，用石头盖上。”

他们向下爬到悬崖上的一块天然凹陷处。随着晨光渐亮，兰博看到其中 3 人穿越山口底部，开始爬上另一侧的悬崖。他看不见自己正下方的人，但是他看得见的人都在遵从指示行事，于是他不再担心，开始沿着山脊顶部埋设炸药。

1 个小时后，穆萨和其他人回来了。兰博交给穆萨一个无线电发射机，他自己也留了一个同样的发射机。

“要想引爆炸药，你只需要拨动这个开关把发射机打开，然后按这个按钮。接收器收到信号就会给雷管发送电流，C-4 炸药就爆炸了。”

穆萨点点头。

不过兰博怀疑他是不是真的明白了遥控雷管是如何工作的。

穆萨的反应让他惊讶。

“当我按按钮的时候，所有炸药不会一起爆炸吗？”

“只要你按得对就不会。看按钮上面的这个转盘，转盘上的数字对应不同的炸药。1 到 6 是你在谷底埋设的炸药，7 到 12 安装在对面的悬崖上。接下来的 6 个炸药安装在这一侧的悬崖上，我还在这条山脊上安了 6 个。如果你想引爆 12 号炸药，就把转盘拨到 12，再按这个按钮。”

“挺复杂，但我记住了。”

“我知道你会的。”

“你也有一个发射机？”穆萨问。

“跟你的一样，我想有个备用的，万一其中一个失灵了。”

“或者我们当中的一个死了。”

“我跟你说了，别说死。”

他们把马牵到洼地，将它们拴在灌木上。兰博从洼地里爬出来时，朝山谷远端看了一眼，骑马的战士正在靠近山口。他们兵分三路，有的往右，有的往左，有的留在中间。下马之后，他们把马藏在和山口的距离足够安全的巨石后面，然后跑步向前。抵达预定位置之后，他们趴在地上，将沙子颜色的毯子盖在自己身上，完美地融入四周的大石头。

“谁教会你们这样打仗的？”

“我们的人民几千年来都是这样打仗的。”

“一种很好的战术，”兰博想了一会儿，“苏联人大概什么时候到？”

“再过 1 小时。”

兰博向前爬行，最后一次观察山口。他趴在地上从悬崖边缘窥视，但还是看不见圣战战士们藏在什么地方。他不怀疑炸药已经妥当埋设，但仍然感觉有什么事不对劲。

“这太轻松了。如果我是苏联人，一定会为这个地方担心。在长驱直入之前，我会采取预防措施。”

“苏联人相信他们的坦克是无敌的。”

“也许吧。我们最好分开，我要到对面的悬崖去。”

兰博把无线电发射机放进背包，将步枪榴弹发射器甩到肩上，沿着悬崖蠕动着向下爬。岩壁上有很多凸出的岩石，提供了足够的抓握和落脚点。

“你和我们并肩战斗，现在你是我们的一员。”穆萨说。

# 4

在兰博穿过那条路的中途，坦克履带令人心惊的铿锵之声从山口传来。金属轧过岩石的声音被狭窄的悬崖放大，听上去似乎很近。柴油发动机咆哮着，以令人心慌的速度变得越来越响。

不!

兰博狂奔起来，跑到路对面。他猛地扑倒在地，发狂般地爬过崎岖不平的石头，藏在一块胸口高的石头后面。

一根炮管从山口中出现。1 辆装甲运兵车以每小时 50 英里的速度迅速出现在兰博的视线里，它的履带转得很快，快到看不清。这辆装甲运兵车又长又矮又窄，它的炮管顶端有 1 枚反坦克导弹，炮塔上有 1 挺机枪，前边还有其他机枪。这种装甲车可以容纳 5 名车组成员，运兵车厢里还可以装 6 名士兵。

又出现了 1 辆装甲运兵车，接着又是 1 辆。然后是 1 辆坦克，它让装甲运兵车相形见绌。满载士兵的卡车从山口开了出来，4 辆、5 辆、6 辆，还有 5 辆仍然在山口里，后面更远处还有 1 辆坦克和 2 辆装甲运兵车。

它们进入视野的速度如此之快，让兰博没时间从背上取下背包，拽出无线电发射机，拨到他想要的号码，再按下按钮。

引爆炸药，穆萨!

但是什么动静也没有。

兰博突然明白了，穆萨害怕我离炸药太近。

按下按钮，穆萨！

兰博使劲拽自己的背包。

快按，穆萨！

一声猛烈的爆炸让他向后倒去。第二声爆炸重重地冲击他的耳朵。当他爬回到那块大石头后面时，飞溅的石块在上面撞得四分五裂，碎片在他周围扬起沙子。一块石头落在地上，弹起时掠过他的膝盖。在烟雾和碎屑中，悬崖动摇、破碎，然后坠落，数以吨计的石头笔直地坠落在仍然在山口里的 5 辆卡车、2 辆装甲运兵车和 1 辆坦克上。金属断裂，灰尘翻滚。

对于这一切，兰博与其说是看到和听到的，不如说是感受到的。他被爆炸的冲击力搞得晕头转向，费了好大的力才将背包取下来。他一只手拿着发射机，另一只手拿着步枪，朝自己身后 20 码的一块大石头跑去。

已经开出山口的车辆停住了。士兵们从 6 辆卡车上跳下来，身材魁梧的雪域特战队队员落地之后就蹲在地上开火。2 辆装甲运兵车的炮塔旋转起来，坦克前面的机枪发出哒哒的射击声。

悬崖爆炸的瞬间，圣战战士们揭开沙子颜色的毯子，开始射击。恩菲尔德步枪的单发枪声在 M-16 步枪密集的枪声中几乎听不到，声音更响的是一挺 20 年前造的机枪断断续续的枪声。

一些雪域特战队的士兵倒下，但大多数士兵找到了大石头做掩护，用他们的 AK-47 还击。1 辆装甲运兵车开炮了。瞬间之后，坦克更大的炮管也咆哮了一声，这让它猛地一震。地面被撼动，山石分崩离析……

在山口里，坠落的崖壁只起到了部分作用。3辆卡车和1辆装甲运兵车被岩石挤压,但没有被毁。苏联士兵从里面钻出来,爬上碎石堆，急切地想要加入战斗。

兰博拨动发射机上的转盘，锁定在他想要的数字上，按下按钮。又一段悬崖爆炸了，岩石砸在尖叫的士兵身上。他将转盘扭到另一个数字上，但是还没等他按下按钮，山口对面那边就炸开来，将更多岩石抛在士兵身上。这次爆炸是穆萨干的，兰博心想。他按下自己刚刚拨到的数字。轰！更多岩石倾泻而下。

一阵迅猛的子弹在他用作掩护的大石头上弹开，沙子在他身边扬起。装甲运兵车发现他了。

兰博赶紧将转盘拨到5号，按下发射机的按钮。

雷鸣般的爆炸扬起了装甲车前面的沙子，碎石砸在金属车体上咣当作响，但是装甲车没有受损。兰博也没指望能把它炸坏，炸药离它太远了，但是爆炸扬起的沙尘会阻碍炮手的视线，让兰博有机会跑到更好的掩护那里去。

他一边后退着跑，一边举起步枪点射。他撞上了一块大石头，赶紧躲在石头后面。就在这时，装甲运兵车开炮了。尽管看不见目标，它的炮手还是决定射一发炮弹出去。兰博逃离的那块石头被炸成了碎块，硝烟飘过来笼罩着他，刺激他的鼻孔。

阿富汗人继续射击。一门经过多次修理的88毫米肩扛式无后坐力炮发射出一枚炮弹，击中了坦克。炮弹的冲击力很猛，但不足以撕裂坦克厚重的装甲。坦克的机枪向战士们扫射。

兰博用步枪的榴弹发射器朝藏在一堆石头后面开火的雪域特战队

士兵射击。与此同时，坦克的大炮打中了几个阿富汗战士。

轰！山口变成了一堆碎石，将隐蔽在那里的苏联士兵埋了起来。又是穆萨！

兰博持续射击。

突然，他周围的爆炸和交火声都被来自天空的一声呼啸压住了，一枚冒着烟的火箭弹射入山谷。在一声震撼的爆炸中，一堆大石头变成弹坑。在被炸毁的山口上空，机关炮发出雷鸣般的响声。反抗军战士被炸得粉碎。头顶上空，加特林机枪每秒钟发射出100颗子弹，在沙地上开出一条沟槽，将它们碰到的一切化为齑粉。

一架苏联武装直升机。战斗时震耳欲聋的声音让兰博没有听到这架米-24直升机靠近的咆哮声。它大得令人绝望，高悬在山口曾经所在的地方，朝山谷猛扑过来。它怪诞的翅膀闪着光，又发射出2枚火箭弹，加特林机枪不断吐出火舌。

战场一片混乱，大地摇晃起来。在目力所及之处，反抗军战士面对着烈火、震荡和爆炸带来的死亡。

随着这架武装直升机冲到战场，螺旋桨的风卷起沙尘。苏联人加紧反击，让场面更加混乱，反抗军开始撤退。

兰博现在明白过来，当他在苏军抵达之前观察山口时，让他不安的是什么了。这个山口是如此显而易见的陷阱，苏联人一定会安排空中监视。这只死亡之鸟应该是要在装甲纵队穿过之前检查山口的，但是一定是有什么事情阻碍了它，让它晚到了1分钟。

对于制止这场袭击来说是晚了，但是对于摧毁袭击者，并不算晚。

这架直升机在战场上空盘旋，绕过兰博在上面观察山口的那座悬崖，再绕回来进行又一次毁灭性的扫射。当它再次向下俯冲，用机翼下的武器开火时，兰博在颤动的地面上尽力稳住自己。反抗军用 M-16 射击直升机，但是徒劳无功。就算他们的子弹碰巧打中了高速飞行的直升机，也无法损伤它的装甲。

但是别的东西能。兰博耳后的血管突突直跳，他拨动了发射机的转盘。在弥漫的烟尘中，他几乎看不见自己想要的数字，身体被周围的爆炸震得发抖。隆隆作响的直升机再次从头顶掠过，它再次在战场上空盘旋。当烟雾消散，兰博看见它再次绕过毗邻山口的悬崖。

他按下发射机的按钮，悬崖爆炸了。他匆忙将转盘拨到另一个数字，再次按下按钮。又一次爆炸。当他等待穆萨和 6 个圣战战士埋设炸药时，他自己也沿着那座悬崖顶端埋了炸药。

这是为了防止战斗扩散到那个方向，万一反抗军必须途径那里撤退，需要用什么东西拖延敌人。

以防万一，总是要为意外状况做准备。陶德曼教过他这个。

陶德曼。

兰博拨动转盘，再次按下按钮。

第一次爆炸让直升机颠簸了一下，但是它继续飞行。第二次爆炸让直升机偏向一侧，但是它继续加速。

第三次爆炸让直升机整个翻了过来。上下颠倒的螺旋桨无法承受压在上面成吨的重量。

带翅膀的车厢在空中又悬停了 1 秒，然后它仿佛慢动作似的向下坠落。

但是撞击引发的剧烈爆炸却来得很快。直升机喷发出的巨大火舌烧焦了悬崖的侧面，这次冲击让兰博缩了一下。穆萨在那面悬崖附近吗？我有没有害死他？

兰博又缩了一下，这次是因为 1 辆装甲运兵车轰鸣的大炮，炮弹打中了他身后 20 码的地方。随着大声叫喊的反抗军停止撤退，向前跑展开攻击，这辆装甲运兵车向他们迎面冲过去。这时它下面突然爆炸了，炸断了它的一条履带，炸开了它的肚子，火舌迸出。

这次爆炸只可能有一个原因，穆萨引爆了炸药，穆萨还活着！

一个阿富汗人扛着这群反抗军拥有的唯一一挺火箭榴弹发射器，这件武器一直被雪藏，直到它的射手有绝对的把握不会射偏目标。他射出穿甲火箭弹，摧毁了第2辆装甲运兵车。车里的燃料和弹药爆炸了，让它被穿透的外壳腾空而起，又重重落下。

但是那辆坦克继续向前，它的机枪还在开火。

一个受伤的阿富汗人拉燃炸药包，把它扔了出去，然后就死了。炸药包的引线冒着烟，落在距离他的手 5 英尺的地方。坦克继续前进，但是当炸药包爆炸的时候，它不会靠近到让自己挨炸受损。反抗军向它射出无用的子弹。

兰博猛地站起来，冲向冒着烟的炸药包，抓起炸药包朝坦克跑去。机枪的火力迫使他卧倒。在这之前，他已经将炸药包扔到了坦克的炮塔上。坦克的影子到了他跟前，它的肚皮在他头顶迟缓地移动，履带在身体两侧叮叮咣咣地倾轧着地面。他看到突然从坦克后部出现的天光，赶紧翻滚爬起，竭尽全力拔腿就跑。身后的爆炸震得他向前扑倒在地，一阵热风燎过他的脖子。

坦克的炮塔被掀翻了，炮管耷拉着指向地面，火焰从坦克内部向上迸发。

当一个影子出现在自己上方时，兰博伸手去抓自己的刀——然后停住了手，他看见阿克拉姆笑着弯下腰扶他起来。

# 5

零星的枪声在山口回荡，那不是自动武器的哒哒声，而是恩菲尔德单发步枪一扣一响的枪声。反抗军正在追逐苏联士兵——他们往堵住山口的碎石堆上爬，想要逃走。尘埃落定，反抗军在狼藉的尸体中来回穿梭，搜集苏联武器和弹药。

一阵骚动让他转过身。在左边，距离战场相当远的地方，反抗军兴奋地围成一圈，不知嘲弄着中间的什么。

阿克拉姆跑向七嘴八舌的人群，哈立德和拉希姆迅速跟他一起，连推带挤地走进人群中央。

兰博也连忙赶来。当他看见反抗军嘲弄的是什么，他差点儿转过身去。一个最多 20 岁的苏联士兵蜷缩成一团躺在沙地上，双臂紧紧抱住头，试图抵挡阿富汗人向他投掷的石块。

一个圣战战士将苏联人的手臂从头上拉开。这个年轻的士兵向上投去恐惧的眼神，他让兰博想到因为挨了太多次打而惊慌失措的狗。他皮肤白皙，有一头金发和一双蓝色的眼睛，面容清秀，更像一个无辜的受害者而不是袭击者。

反抗军抓住苏联人的双肩，让他像陀螺一样旋转。苏联人在沙地里翻滚着，挨了更多石块。一个阿富汗人抽出一把刀，抓住俘虏的头发，猛地将他的头往后一拽，露出他的咽喉，然后将刀子砍向……

就在刀刃即将割开皮肉的瞬间，兰博猛然冲出人群，抓住了阿富汗人的手腕。闪着寒光的刀刃在距离苏联人颈动脉四分之一英寸的地方颤动着。阿富汗人使劲想挣脱兰博的抓握，兰博用更大的力量拉回刀子。

阿富汗人咆哮一声，兰博把刀从他手里夺了下来。

阿富汗人踉跄后退，举起步枪瞄准兰博的胸口。

哈立德从人群里冲出来，将枪管推向地面。他向那个阿富汗人说出一连串怒气冲冲表示责备的话，然后转身面向兰博，更愤怒地说着什么。

“他说他救了你的命，他还说你救了他女儿的命，现在他还了人情。你不应该干涉。”一个上气不接下气的声音用力说道。

兰博转过身去，看见了穆萨，但是现在没有时间说句感谢上帝你还活着！

周围的阿富汗人用更严厉的眼光怒视着，紧张的气氛让他们绷直了身体。

拉希姆怒气冲冲地讲话。

穆萨翻译：“你夺了这个人的刀，你让他丢脸，羞辱行为必须受到惩罚。”

“我不是有意要羞辱他。”

“阿富汗人从不攻击阿富汗人。”

“但我不是阿富汗人，我不知道你们的行事方式！”

“小点声儿，”穆萨说，“阿富汗人从不大喊大叫。用言辞的力量，叫喊是一种侮辱。”

兰博努力让自己的声音平静：“告诉他，我没有羞辱他的意思。

我尊重他的勇敢，他是一名威猛的战士，但我不能让他杀了那个俘虏。我不会无缘无故干涉的，只要他愿意听……”

被兰博夺了刀的阿富汗人愤怒地颤抖着。

“告诉他我道歉，这是我在他面前表示谦卑的方式。”

兰博将刀压在自己的前臂上，慢慢将刀刃划过自己的皮肉。

兰博的血冒了出来。

阿富汗人挺直了身子。

兰博将刀递给阿富汗人，刀柄向前：“我非常抱歉，你的荣誉完好无损，你的拔刀不是徒劳，它已经尝到了血。”

阿富汗人犹豫着。

“原谅我就是让我欠你的情。”兰博说。

血从兰博的胳膊上滴下来。

那个战士沉思着，因为愤怒而发抖，然后接过了刀。

“谢谢你。”兰博说。

周围的阿富汗人赞许地喃喃低语。

兰博的双肩这才放松下来。那个战士生硬地说着什么。

“他说最好这样，”穆萨翻译道，“遵循《古兰经》，审判、定罪，要公正，然后杀了那个苏联人。”

拉希姆说：“不，《古兰经》要求只有穆斯林才能得到审判，不信安拉的人不受我们的律法保护。这个士兵比不信安拉的人更坏，他是个懦夫。我们进攻的时候，他跑到这些石头里藏了起来，他不配受到审判，刽子手应该把他拉到我们看不见的地方，砍下他的头。”

周围的阿富汗人纷纷点头，瘦削的刽子手拎着斧子向前走了一步。

“穆萨，告诉他们别这么干，”兰博强调他的话，努力不喊出来，“告诉他们我需要这个人，告诉他们我觉得他可以帮助我救出我的朋友。”

“我们将在议会上讨论这件事。”阿克拉姆说。

“你在议会上可以讨论点儿别的什么，”兰博说，“自从我来到这里之后，我就一直在帮每个人的忙，现在该别人帮我一个忙了。你承诺要帮我找我的朋友，你一直在谈论你的荣誉，那就遵守你的诺言。如果这个人能帮助我，就饶了他的命。”

周围的阿富汗人都露出了震惊的神色。

“太糟了，”穆萨说，“你不应该质疑他们的话，现在他们只有两个选择，杀了你，或者按你要求的做。”

阿克拉姆向前迈出一步：“你说我不遵守我的诺言？”

“我是在提醒你。”

“你知道你说话这么直，冒的是什么风险吗？”

兰博点点头。

“你的朋友对你一定意义重大。”

兰博再次点点头。

阿克拉姆打量着他：“你有阿富汗人的忠诚，我们会为你饶了这个人。但是如果他不帮忙，就由你来砍下他的头。”

# 6

陶德曼从一摊血里抬起肿胀的脸。在牢房刺目的灯光下，他眯起眼看向门上的钢筋小窗，听到外面有声音沿着走廊回荡。陶德曼努力集中精神，竖起耳朵仔细辨别。

脚步声。

是的，但不是扎桑上校和考诺夫中士再次回来拷问殴打他时发出的自信的脚步声。

不，这是拖着脚走发出的脚步声。

人不少。有人摔倒了，棍棒打在肉上的声音，一个男人发出呜咽。其他人恳求，又是棍棒打在肉上的声音。一个卫兵发出短促的喊声，像是在下令，拖拖拉拉的脚步声继续响起。

陶德曼用双手和膝盖在地上爬。他摸到墙边，扶着墙站起来，再摸到门上的窗边。他透过窗口里的钢筋，看见一些阿富汗人被卫兵推搡着蹒跚走过。尽管视线模糊不清，陶德曼仍然数了囚犯的人数，至少有 10 个。陶德曼的腿站不住了。他从窗户往下滑，脸撞在金属上，撕裂的嘴唇留下一抹血污。

他有一种让人恶心的预感。肉体和精神的痛苦折磨着他，他重重地倒在地板上，发出一阵呻吟，心里为这些囚犯的命运感到担心。

# 7

阿佐夫少校透过扎桑上校办公室的一扇窗户看向院子，落日将一面墙壁的影子投向一排立正站直的士兵身上。

阿佐夫摇摇头，心中涌起一阵厌恶。他今年 40 岁，长着一张坚毅的军人脸，却有一双敏感的眼睛。他衷心希望自己从未听说过这片失控的土地，更别说被派到这里来了。

他转身面向自己的指挥官："上校，恕我直言，是你要把装甲纵队派过去，而不是等到我们先弄清楚叛乱分子藏在什么地方。"

"你是说出的这档子事都是我的错？"扎桑质问道。

"当然不是，长官。我们需要采取主动，但我们不可能总是预见后果，即使在我们为战术做了妥善计划的时候也不可能。"

"两天之内损失 3 架武装直升机、2 辆坦克、6 辆装甲运兵车，还有 100 多人，你管这叫妥善计划？"

阿佐夫不敢再说派出装甲纵队是上校的主意。

"叛乱分子必须得到教训，"扎桑说，"他们藏在发动袭击的地点附近，我确信这一点。明天，我要下令进行大规模扫荡行动。"

"但是，万一他们想让你觉得他们藏在那个地区呢？太快采取行动的话，你也许会做出他们正希望你做的事，他们可能设下了另一个圈套。"

“别跟我作对，少校！你提到了后果！叛乱分子今天做的事，一定会有后果。”

“那个美国囚犯怎么办？”

“什么怎么办？”

“从政治上讲，在你教训那些叛乱分子之前，最好把他转移到喀布尔去。”

“那个美国人哪儿都别想去，除非他告诉我那些叛乱分子藏在哪里，让我解决目前这种尴尬的状况！”

有人敲门。考诺夫中士进来了：“叛军囚犯已经带到了，长官。”

“看看这次他们是否能为我解决目前尴尬的状况吧。”

阿佐夫更加强烈地希望自己从未被派到这里。

# 8

尽管牢房的墙壁很厚，陶德曼还是听到了囚犯的尖叫声。

他的头枕在一摊血里，他的呻吟变成了咒骂。

# 9

俘虏名叫安德烈耶夫，他和兰博一起坐在一个山洞口。太阳已经沉到山下，阿富汗人跪地祈祷。兰博安静地等待他们结束，然后用俄语向安德烈耶夫解释自己想要什么。

这个年轻人瞪大了湛蓝的眼睛："你的俄语说得很好。"

"这是我在军队的特长之一，我还会说泰语和越南语。"

"你是军人？"

"我曾经是。我问你个问题，你知道那个美国人在哪儿吗？"

"知道，我见过你的朋友。"

兰博倾斜身体，向他凑近了一些："在哪儿？"

"在要塞。"

"他活着吗？"

安德烈耶夫举起一只手摆了摆："谁知道还能活多久。他们每天都打他。"

兰博感到自己下巴的肌肉绷紧了："给我看看他们把他关在哪儿，给我画张地图。"

"不可能救他出来，要塞的卫兵太严密了，就算有这么多反抗军，也不可能攻进去。"

"他们不进去。"

“那谁进去？”安德烈耶夫突然明白过来，“你？”

“和一个朋友，两个人的话，就有机会摸进去而不被人发现。”

“要塞周围有一片雷区，即便有地图，你也需要一名向导带你进去，”安德烈耶夫思考了一下说，“你需要带我一起去。”

“需要？我不这么认为。”

“你认为你不能信任我？”

“那里有个拿斧子的人确信这一点，你为什么临阵脱逃呢？”

“你认为我是个懦夫，是吗？”

“我不知道你是什么人，我在给你一个解释的机会。”

安德烈耶夫扯了扯散乱的金发说道：“我们在这里做的事情是错的。我爱我的国家，但是我恨这场战争，很多士兵也有同样的感觉。这是一场糟糕的战争，就像越南一样。”

“对，”兰博说，他感觉嘴里发苦，“你说你想变节？”

安德烈耶夫向营地做了个手势：“很显然我已经变节了。”

“要是这些人接受你的话。”

安德烈耶夫盯着地面看：“是的，要是他们接受的话。”

“如果你跟我去，你需要和和要塞里士兵战斗，你能做到吗？”

“我来自一个叫作彼尔姆的小城，我并不想卷入战争。如果阿富汗人接受我，我将回报他们。”

兰博用锐利的目光看着他。

“不用怀疑，你可以信任安德烈耶夫，美国人，但是我能信任你吗？”

“我冒着生命危险救了你。”

“现在我要冒着生命危险帮助你。”

“也许吧。”

石头上的脚步声让兰博转过身来。

米歇尔嘴里又叼着一根香烟，带着哈立德的女儿走过来：“我觉得也许你想看看你的朋友怎么样了。”

兰博对这个他救出来的孩子微笑着。

她说了句话。

他问道：“她说什么，米歇尔？”

“其实没什么。”

“告诉我。”

“你知道孩子是怎么回事，童言无忌，她不知道自己在说什么。”

“告诉我。”

“她希望你很快受伤，这样她就能照顾你了。”

“嗯，她很有可能会得到这个机会。”

# 要塞

# 1

兰博仔细查看安德烈耶夫画的要塞地图，直到记住每个细节。他一直坐在医务室角落的一盏煤油灯旁，此时他站起身，推开身边的一张毯子，从山洞走进黑暗。凉爽、清甜的空气驱散了残存在鼻孔里的煤油气味。

今晚，反抗军没有点燃篝火，营地一片漆黑。如果武装直升机想要对白天的攻击展开报复，从这些山麓丘陵上飞过的话，它们会朝任何有人迹的地方开火。片刻之后，兰博的眼睛才适应黑暗。帐篷都伪装得十分完美，成了夜幕下的团团阴影。要不是一两下轻声嘶鸣和蹄子敲击地面的声音，兰博都没法分辨马被关在树林里的什么地方。就连天气也很配合，浓厚的云在空中掠过，遮挡了星光。

在兰博右边，一个人模糊的身躯离开了他紧贴的崖壁。在这之前，他和崖壁仿佛融为一体了。

“穆萨，我需要你给我翻译。”

他们走向正前方的一座帐篷。当他们进去的时候，低沉的谈话声停止了，一支蜡烛照出哈立德、拉希姆和阿克拉姆忧心忡忡的脸。

“苏联人给你情报了吗？”哈立德问。

兰博给他们看那张地图。

“但是这情报准确吗？”拉希姆怀疑地说。

“我给你们的间谍看过了，就是那个昨天到这里来告诉我们装甲纵队要来袭击的士兵，他说他所属的阿富汗军队没有驻扎在这个要塞，但是他去过那里两次。至于他见过的部分，这张地图画得很准确。”

“但是他没有见过的部分呢？”阿克拉姆追问道。

“我很快就会发现。”

“很快？”哈立德皱起眉头，“多快？你准备什么时候出发？”

“今晚。”

“今晚？但是你需要时间准备。”

“没有时间了，俘虏说我的朋友正在遭受拷打，我需要尽快救他出来。”

“我不喜欢这样。”阿克拉姆说。

“我也不是很享受这样做。”

这位阿富汗首领充满敬意地打量兰博：“我承诺过要帮助你，我愿意实现我的诺言，你需要多少人马？”

“只要穆萨，还要 5 个人带着马等候。”

“但是只有这么点人，你怎么能攻击要塞呢？”

“我不攻击，不用你们习惯的方法，我的部队将这种办法称作偷偷摸摸的皮特。”

“偷偷摸摸的……？那是什么……”

“就是我尽快溜进去，再尽快溜出来。”

“那我祈祷安拉保佑你。”阿克拉姆说。

兰博的下一句话让这群人紧张起来：“我还要带上那个俘虏一起去。”

“你信任他？”

“不，但我需要冒这个险。他说要塞周围有一片雷区，我需要他引路通过。”

“如果他叫喊起来，惊动卫兵呢？”

“他知道他会是第一个死的。”

“但你会是第二个。”

“那样的话……”兰博耸耸肩，“我就无法来纠缠你们了。”

阿克拉姆抓住兰博的肩膀：“要是这样一个好的叼羊选手活不到赢得下一次比赛，我会很难过的。”

“下一次你会打败我的。”

“我想要这个机会，看看到底谁会赢。”

他们离开帐篷的时候脸上都挂着微笑，但是走入黑暗，阿克拉姆抬头望天，声音变得暗淡：“看来安拉决定不保佑你。”

“我不明白。”

酋长指着越来越厚的云，浓云迅速翻滚，遮蔽了山谷尽头的星光：“风暴要来了。”

“那你就错了，安拉的确在保佑我。”

“现在是我不明白了。”

“没时间解释了。穆萨，我们得出发了，在风暴起来之前。”

兰博跑过一个个轮廓朦胧的帐篷，钻进那个有阿富汗人在里面看管安德烈耶夫的帐篷。

“你要跟我一起去，”兰博对他说，“快。”

“你要给我一个证明自己的机会吗？”

“如果这次战斗你又逃跑，就像你——”

“我不是懦夫，我会为了我相信的东西战斗。”

“听着，如果你让我觉得我无法信任你，我会完成那个战士今天早上没干成的事，割开你的喉咙。”

## 2

风力增强了。沙子打在兰博脸上，像针扎一样。他牵着马走下一面布满岩石的山坡，来到一处像是洼地的地方。在越来越混沌的风暴中，很难判断周围的情况。至少这风等到我们走了这么远才刮起来，他心里想着。

即便如此，这段旅程依然艰难。尽管这群人走的是熟悉的小路，也常常不得不在坠落的岩石和倒下的树木周围摸索才能找到路。如果不是一位阿富汗人对该地区了如指掌，他们绝不可能在天亮之前抵达这条山谷。但是现在风暴对我们有利，兰博心想。

和黑暗一起，它提供了绝妙的伪装，更棒的是，它会大大分散苏联卫兵的注意力。是的，阿克拉姆搞错了，安拉并没有忘记保佑这次行动。

兰博的想法让他自己吃惊。你和穆斯林在一起生活得太久，你开始像他们一样思考了。

关于命运的观念从来不能吸引他，他相信主动控制局面，而不是被支配。

但是这场风暴的突然降临让他感到神奇。

不，他在心中断定，我只是幸运。

或许幸运只是描述神明意志的一种无知的方式。

他突然想起上一次见到陶德曼时，陶德曼在曼谷的那家锻造厂说的话。

约翰，你要接受你的命运。

我不相信命运。

是的，这就是你的问题，你得接受自己的样子。

接受我恨的东西？

嗯，现在他正在做自己恨的事，这种事他最擅长而且比任何人做得都好。

他前面的马慢了下来，然后停住了，兰博感觉到它转过头来。在劲风狂沙中，安德烈耶夫向他走回来。穆萨和其他战士牵马走进洼地，与他们两人聚在一起。

安德烈耶夫的声音在呼啸的风中显得很微弱："把马留在这里，这面山坡会为它们挡一些风。"

"我们已经靠近要塞了？"

安德烈耶夫举起一只荧光指南针，伸手指向西北："300码，那个方向。"

"你肯定吗？在这样的风暴里，你也许会搞错的。"

"我在这里驻扎1年了，我知道要塞在哪儿。"

"我们可能从它旁边走过却注意不到。"

"它足够大，你们会注意到的。记住，他们把囚犯关在北侧的地下室里。"安德烈耶夫说。

穆萨走上前来。"抹上这个。"他掀开一个罐子的盖。

"这是什么？"

"掺了煤烟的豹子油。"

“在这样的风暴里？我们用不着伪装。”

“在外面不用，”穆萨说，“但是在要塞里面呢？”

“同意。”兰博说。

“卫兵的狗害怕豹子的气味，它们闻到就跑，不敢叫。”

兰博将豹子油抹在脸上和手背上。他在自己的上衣上擦干净手掌。他可不想让手掌滑溜溜的，因为他需要抓牢自己的武器。

飞沙粘在油脂上，让他和风暴融为一体。

当穆萨和安德烈耶夫轮流将油脂抹在脸上时，兰博检查了自己的刀鞘、箭袋和弓袋，确保它们都牢靠地固定在腰带上。他收紧背包的带子，将步枪兼榴弹发射器甩到肩上。穆萨和安德烈耶夫检查各自的步枪。

“最后一件事。”兰博从自己的马鞍上解下一团盘绕的绳索，将它套上自己的手臂，绳索末端有一个抓钩。

“一切就绪？”

“是的。”

兰博做了个深呼吸，想起陶德曼，然后从后面抓住安德烈耶夫的军装。

“出发吧。”

穆萨透过风暴向 5 个牵马等待的阿富汗人喊了句什么。

“我对他们说，如果我们 1 个小时之内没有回来，就离开。”

穆萨紧紧攥住兰博上衣的后摆。他们刚刚走出洼地，就被风暴笼罩了。

# 3

风将兰博向前推，飞沙冲刷着他的脖子、头皮和双手暴露在外的部分，锐利的风割得他耳朵生疼，时间和空间变得扭曲起来。穆萨对那些阿富汗人说 1 个小时后离开，但是兰博觉得好像已经过了半个小时。持续不断的风沙让兰博感觉除了这场风暴之外的一切都不存在。

穆萨在身后攥紧兰博的上衣，而兰博也紧紧抓住身前安德烈耶夫的军装。苏联人时常停下，向前缩头弓身，查看一下指南针，更正前进的方向。他们试图保持步伐稳定，在风暴和必要的谨慎下走得尽可能快。

似乎又过去了半个小时，不过在兰博头脑中的某处角落，严格训练获得的能力向他保证，从他们离开那个洼地到现在的时间还不到 10 分钟。

要塞，此刻我们应该到了才对，他心想。安德烈耶夫一定是犯错了。我们错过了它，我们走过头了。我们会一直走下去，直到抵达山谷对面。

训练成果让他学会克制，将忧虑平息下来。决心则催促他向前。

前方，沙幕笼罩的亮光打消了所有疑问，是一盏探照灯。然后，兰博看到了沙幕笼罩的第二束光和第三束光，三盏探照灯从右到左一字排开。但是无论它们的光有多强，也不可能比得上风沙笼罩的威力。它们被遮住的光束反而提供了帮助，成了指引方向的灯塔。

安德烈耶夫看见了它们，穆萨也一样。他们迅速蹲在地上，放慢速度向前挪动。

安德烈耶夫停下了。兰博想知道发生了什么，从他身后用力往前看，瞥见有一团东西挡在苏联人面前。

带刺的铁丝网。

齐胸高的铁丝网横在他们面前，仿佛是巨大而锋利的塑料弹簧玩具被完全拉伸的样子。

在来这条山谷的路上，安德烈耶夫解释过："我曾经帮着埋过雷，雷区位于要塞和铁丝网之间。"

铁丝网不仅是一道障碍，同时也是一道分界线。兰博和他的两个同伴将一条厚厚的毯子搭在铁丝网上就翻过去了，几根刺穿透了毯子，扎到了兰博的大腿，但这点儿疼痛无关紧要。

现在他们站在雷区边缘。虽然安德烈耶夫说过要塞距离铁丝网只有 50 码，但是在漫卷的风沙中，兰博仍然看不见它的墙壁。要塞的每个角各有一盏探照灯，位于两角的一对探照灯之间还有一盏，它们照射着，扫视着山谷的地面。尽管兰博已经靠近，但是被黄沙遮蔽的光柱仍然照不出这些入侵者，因为他们穿着和地面一个颜色的衣服，脸上涂的油脂也沾满沙子。当一道光柱真的从他们身边掠过，他们赶紧在铁丝网旁边卧倒。紧张的几秒钟过去，没有响起警报声。

武装直升机、坦克和装甲运兵车都存放在要塞后部的波纹铁皮墙后面，这是安德烈耶夫解释过的。车辆的存放区域有屋顶，但武装直升机的存放区域是露天的，遇到风暴就用防水油布保护直升机。

相比之下，前面和侧面的路是通的，但是卫兵会在那里巡逻，有时还带狗。问题是，在这样猛烈的风暴中，卫兵还会巡逻吗？兰博心想。

这虽然不是黑风，但也已经很糟糕了。在夜里，暴露在这样的风沙下，卫兵能起到多大作用？不会太大。他们甚至是在冒风险。暴露的时间太久，会让他们进医院的。他们的上级也许决定让他们留在室内，如果有任何人接近要塞的话，就依赖雷区向要塞顶上的哨兵报警。

也许……

但是他不能依赖“也许”，而且眼下他们有更迫在眉睫的问题——雷区。安德烈耶夫转向铁丝网向外突出的部分，轻手轻脚地沿着这道铁丝网向前摸索，直到抵达一根固定铁丝网的立桩。到达这里之后，他转身朝向要塞。

又一盏探照灯让他们卧倒在地。又等待了紧张的几秒钟，和上次一样，没有响起警报声。

兰博用膝盖支起身子，感觉到穆萨和安德烈耶夫也从他旁边起身。安德烈耶夫一点点向前移动。

“固定铁丝网的立桩是雷区的关键，”安德烈耶夫解释过，“我们从这些立桩开始按照特定的规律埋地雷。”

“雷区不应该有规律。”兰博当时是这样说的。

“没错，如果你只是想给一片场地或者一条路上埋雷，炸飞经过的士兵和车辆的话，但要塞就不一样了。假设反抗军越过了铁丝网，假设他们被地雷炸死了，他们的尸体需要清理，以免腐败的臭气进入要塞。士兵们需要进入雷区收尸，他们当然会使用金属探测器，但是为了加快这个过程，士兵们需要知道雷埋在什么地方。我们建立了一套从这些立桩向外延伸的规律，这套规律是以奇数为基础的——1、3、5和7。数字代表我们走的步数，当我们——”

“打住，”兰博扬起双手，“我被你说服了，除非你给我领路，否则我不可能穿越这片雷区。”

于是安德烈耶夫现在正为他领路。在迅猛的风中蹲着，苏联人蹲在地上谨慎地摸索着，一直在慢慢前进。

兰博和穆萨紧跟在他后面。

如果他犯了错，爆炸会杀死我们所有人，兰博心想。

但是我们不能躲在后面保护自己，我们需要紧挨着，这样才能知道他在往哪儿走。

当安德烈耶夫小心地向前移动时，紧张的情绪让汗珠从兰博脸上沁出，穿透了布满沙子的伪装油脂。又一盏朦胧的探照灯朝他们的方向扫过来。如果我们卧倒在地面上，可能会触发地雷，但是如果我们不卧倒……

兰博尽最大可能将背压低。淡淡的光柱离得更近了。

他跪到地上，黄色的光柱继续扫过来。

他轻轻放低身子，肚子朝地面贴过去。

光柱从他头顶扫过，然后继续扫视。

兰博起身放松着紧张的肌肉，再次弯腰蹲着走路。前面，安德烈耶夫继续沿着地面摸索，进入雷区更深处。

兰博的时间感更加扭曲了。我们花的时间太久了！不等我们走到要塞，那些人就会牵着马走了！

但是他不敢在后面轻推安德烈耶夫，提醒他加快速度。事实上，他们还应该慢一点儿才对。

安德烈耶夫计算着，走了一步，又走了一步，然后停下。

兰博紧张地等待着，苏联人肯定是拿不定注意了，他心想。拜托，别让我们困在这里。

焦急让他脉搏加快，这时他意识到他们来到了又一道铁丝网前。苏联人将一张毯子扔上铁丝网，他们迅速爬过。

兰博冲向要塞的墙壁。

“过了第二道铁丝网，就没有地雷了，”安德烈耶夫这样说过，“我们要担心的就只剩下卫兵了。”

但是在这样的天气下，要塞外面会有卫兵吗？如果有的话，也只能等到他们隐隐约约地出现在身边时，兰博才能看见他们。

他不能为此分心，还有太多其他问题。

比如对安德烈耶夫怎么办。苏联人已经发挥了他的作用，他领着兰博和穆萨穿越了雷区。从现在起，他的作用是正面的还是负面的就不好说了。

可以信任安德烈耶夫吗？这个问题不停烦扰着兰博。如果让苏联人进入要塞，他会跑向卫兵吗？苏联人会呼喊报警吗？兰博有什么理由信任他呢？

没有。

而不信任他的理由却多的是，安德烈耶夫可能只是假装变节以求活命。

我一定要救陶德曼，兰博心想。其他事情都不重要，我不能让任何人危及这次行动。

在营地里，当兰博决定带上安德烈耶夫时，他就明白情况有多复杂。早在那时候，他就考虑过这一刻将会发生的可能性。他强迫自己压抑这个想法。他对自己说，在他们前往要塞的路上，会有时间权衡判断，做出决定。

但是没有时间考虑了，他需要做出选择。对于安德烈耶夫，我要怎么办?

苏联人就在他旁边，紧贴着墙。

陶德曼。

兰博以一个安德烈耶夫察觉不到的动作拔出了刀。他打起精神，准备用一只手捂住安德烈耶夫的嘴，然后将刀子插进苏联人的肾动脉。

死亡几乎是瞬间的，捂在他嘴上的手会制止叫声。

我不想这样做。

但我需要这样做。

兰博绷紧肌肉，准备扑过去。

但他动不了，他的潜意识拒绝遵从大脑向四肢发出的死亡指令。

他激烈地振作自己的意志。

快下手！你不能冒这个险！下手！

瘫痪状态解除，兰博的手臂动了起来。太晚了，安德烈耶夫从墙壁上弹开。

兰博冲上去阻拦他。他的怀疑是对的，自始至终，这个苏联人都想逃跑。在这样的风暴中，我再也找不到他了！

但是安德烈耶夫并没有试图逃跑，他在扑向一个从风暴中显现出模糊身影的卫兵。

安德烈耶夫用他的步枪枪托砸在那个士兵的下巴上，卫兵摇晃着身体退了一步。安德烈耶夫又砸了第二下。卫兵倒地，不动了。

为了保险，安德烈耶夫砸了他第三下，然后单膝跪地摸他的心跳。当他转过身，他看见兰博握着刀站在他身后。

兰博将刀收起。

安拉今晚保佑着你，安德烈耶夫。

他们将卫兵拖到墙角。兰博抬头向上看，在角落的探照灯和护墙中央的探照灯之间选择了一个点。两盏探照灯之间的距离至少有 200 英尺。他将盘成一团的绳索从肩上甩下来，确保绳子没有打结，然后抓住末端抓钩下面一点的地方。他挥动手臂，将抓钩抛向护墙。

大风没有帮他的忙。

抓钩失去动力，掉落下来。

兰博将它捡起来，再次挥动手臂。在这样的风暴中，卫兵会在护墙上巡逻吗？还是会待在哨兵岗亭里？安德烈耶夫告诉过他，这些岗亭设在护墙的中央和两角，风的呼啸声能盖住抓钩碰在石头上的声音吗？

让上帝安排吧，兰博心想。

当他再次抛出抓钩时，它钩住了。

# 4

陶德曼躺在被聚光灯照亮的牢房里，从地板上的一摊血中抬起头来，从外面的走廊传来的沉重的靴子声让他瑟瑟发抖。那是两个人的脚步声，几乎完全一致，靴子碰撞地面的声音很有力，发出刺耳的回声。这声音陶德曼听过太多次了，不可能认不出来。想到自己将要遭受的痛苦，他不由得缩成一团。

但是扎桑上校打破了这个规律。他没有命令卫兵打开牢门，没有砰的一声把门踢开，也没有和考诺夫中士一起进入牢房。

他在走廊上站住了，透过门上的钢筋小窗口，用像锉刀锉钢筋一样刺耳的声音说道："我的上级联系我了，他们对这个防区最近发生的事很不高兴。因为他们不高兴，所以我也不高兴。我向你保证，你会比我不高兴得多，我的耐心到头了，你愿意回答我的问题吗？"

陶德曼呻吟着说："如果我回答你的问题，你就会枪毙我。"

"如果你选择不回答我的问题，你会希望自己已经被枪毙了。到目前为止，你的痛苦算不了什么。今天晚上，我向你保证，你会告诉我的。然后，我还向你保证，你会得到奖励。你会得到水，我会关掉你牢房里的聚光灯，我会让医生给你开止疼药。你有30分钟，思考一下。与此同时，我给你增加一些动力。"

上校刺耳的声音停止了，他怒目而视的脸离开了钢筋小窗口。"与此同时，我给你增加一些动力”，这是什么意思？陶德曼心中疑惑。现在门会不会砰的一声打开，考诺夫中士目露凶光地闯进来？

门的确砰的一声打开了，但不是陶德曼的门，而是他右边那间牢房的门。陶德曼听见两双沉重的靴子走进那间牢房的声音。

他听见扎桑用英语说了什么，然后又用阿富汗方言重复了一遍。

一个颤抖的声音回答着问题，说的是阿富汗方言。

陶德曼不明白这是在干什么。扎桑为什么要翻译自己说的话？陶德曼突然明白过来。

他在为我翻译！他想让我听着。

“真可惜，”扎桑用英语又说了一遍，然后用阿富汗方言说：“隔壁有个人不肯回答我的问题，因为他的缘故，我需要问你。你知道叛乱分子的首领阿克拉姆·海德尔藏在哪儿吗？”

“不知道？”扎桑说，“太可怜了。中士，给他增加一些动力。”接下来的惨叫声如此可怖，让陶德曼拼命爬到自己牢房最远的一角，用溃烂的手紧紧捂住肿胀的耳朵。

但是无论他按得多紧，都无法隔绝尖叫声。

“要是那个美国人选择合作就好了。”扎桑说。

# 5

兰博沿着绳子爬到护墙边缘，在强劲的风沙中朝两边看了一眼，然后爬了上去。他继续向左右两边张望，看到墙上没有人，而且除了沙子也没有任何东西之后，他拽了拽绳子，让穆萨和安德烈耶夫知道自己已经到了墙顶，然后他们当中的一人开始向上爬。

在他们爬上来之前，他有很多事情要做。他取下背包，拿出一枚定时炸弹，然后蹑手蹑脚地走向要塞角落处的哨兵岗亭。透过岗亭的波纹铁皮墙，他听见了里面低沉的声音。兰博将炸弹上的计时器设定为15分钟,靠着铁皮墙放好炸弹,匆忙回到背包处。他又取出一枚炸弹，摸到位于护墙中央的岗亭，这个金属盒子里有探照灯及其操作器。这一次他还是把计时器设定为 15 分钟，将炸弹靠铁皮墙放好。

在向下窥视要塞的院子时，他注意到虽然护墙上风暴猛烈，但要塞的护墙让下面的风暴减轻了很多。尽管有尘埃在院子里飞，但只是造成了一团尘霾，而不是像他在上面感受到的那样狂沙乱舞，一片混沌。灯光透过尘霾，让他看出有 5 辆苏联吉普车停在 3 辆装甲运兵车旁边。

2 个士兵在这些车辆附近站岗。尽管已经非常晚了，又有 7 个士兵从右边的一扇门里走出来，走向兰博对面的一扇门。他们在笑着说些什么，其中一人向另一人递了根烟，但就是打不着火。

兰博点点头。他返回到背包处，发现穆萨和安德烈耶夫已经在那里等着了。残留不去的疑惑让他怀疑安德烈耶夫是否真的可以信任。他是不是感觉到我要杀他？他扑向那个士兵，是不是为了让我觉得我怀疑他是错的？

再次思考已经太晚了。我们到了这里。有些事既然要发生，就一定会发生，顺其自然吧。

命运。

但是当他将自己的弓和几支箭组装好，将箭摁进安装在弓把手上的箭鞘附件时，他感到心中有些不安。他绷紧肌肉，按照记忆中地图的样子往前走，带着同伴走进一个围蔽梯道，与这个围蔽梯道相邻的是护墙右角的哨兵岗亭。

兰博根本不考虑使用挂在自己肩上的步枪兼榴弹发射器的组合，而是将一支箭搭在弓上。如果需要保护自己，他不能使用自动步枪，至少现在不能。在定时炸弹爆炸之前，他希望保持安静。

兰博的逻辑得到了验证。一名苏联士兵拖着沉重的步子走上梯道。他本来低着头，直到他看见兰博的靴子。他抬眼看到兰博的脸，震惊地眨着眼睛，试图举起手中的步枪，紧接着就被一支箭杀死了。这支箭的穿透力相当于一颗铜皮子弹，一下子就刺穿了他的额头。

当士兵踉跄跌倒时，兰博一个箭步冲过去抓住他的身体，以免士兵的步枪掉在地上发出响声。

# 6

阿富汗！光是这个国家的名字就让阿佐夫少校想要呕吐。虽然他不信教，但在他看来，对于这个地方，最贴切的形容词就是地狱。今晚的风暴佐证了他的厌恶，这场风暴的混乱和疯狂只有一件事能与之相比：他的指挥官的疯狂。扎桑上校下定决心要在上级面前证明自己的价值，要从这场错误的战争中救赎自己，以至于他绝不肯停止自己的暴行。

直到 5 分钟之前，阿佐夫少校才听说关于上校意图的传言。他立刻放下正在读的书，冲进要塞的地下室，去看看传言是不是真的。

是真的。当他匆忙的脚步声沿着走廊发出回响，经过那个被捕的美国人的牢房，来到隔壁牢房打开的门口时，他被眼前的景象恶心得倒吸一口凉气。

“回答我！”扎桑用英语说，又用阿富汗方言重复了一遍，这让阿佐夫少校感到莫名其妙，“叛乱分子首领阿克拉姆·海德尔在什么地方？”

尖叫声继续着。

“这都是那个美国人的错。”扎桑说。

尖叫声更响了。

阿佐夫少校再也控制不住自己，直接冲进牢房。“你们在干什么？”

他用俄语质问道，“你们越折磨这些人，他们反抗得就越厉害！叛乱分子会更凶猛地还击！我们需要谈判，不是拷打！或者干脆撤退！这样做毫无意义——！”

“我来决定什么有意义，阿佐夫少校。”上校转向考诺夫中士，他看了一眼手表，“我们一会儿就要让美国人看到惹恼我们会产生什么后果。”

“如果那个美国人真的不知道叛乱分子在什么地方呢？”阿佐夫质问道，“就算他知道，他的答案又能带来什么不同？在这场毫无用处的战争里，这只是一个毫无用处的防区！我们在这里干什么？保护我们的祖国吗？不！这些拷打折磨不会让我们的国家更安全！但是它们让敌人更加舍命抵抗！这个国家的名字起得很好！失控的土地！”

“我看你才失控了！”扎桑厉声说道，“很显然你是得了战斗疲劳症！你在这里待得太久了！”

“这一次，我同意你的说法！但论起失控，我不如你！”

“你太过分了！”上校说，“出去！明天你会被转移到喀布尔！然后是莫斯科！再然后前途尽毁，籍籍无名！”

阿佐夫气得浑身发抖。他无力阻止眼前的疯狂，满腔怒火地冲出牢房，沿着走廊大步离开。

尖叫声，他必须远离这可怕的尖叫声。

# 7

兰博把士兵的尸体拖到梯道顶部，回到护墙和风暴的黑暗混沌之中。他将尸体放置在墙壁和梯道之间，风暴停下之前，尸体在这里不会被发现。他迅速返回走下楼梯，与穆萨和安德烈耶夫会合。他们站在足够高的地方等待，以免下面的人看见他们的脚。

他们彼此点点头，小心翼翼地朝下走。兰博走在最前面，但是安德烈耶夫突然碰了碰兰博的肩膀，挤到他前面来。

兰博紧张起来，差点儿把他拉回去，但他随即制止住了这种冲动。他明白了苏联人的逻辑。安德烈耶夫穿着军装，如果士兵看见他从梯道里出现，也没有理由警觉，除非这个士兵认出了安德烈耶夫并且知道他在昨天的战斗中失踪了。那样的话，士兵会感到奇怪，安德烈耶夫是如何神不知鬼不觉地回到要塞的。最好的情况是，士兵会走过来提出他的疑问。最坏的情况是，士兵会呼叫求援。兰博只能希望如果安德烈耶夫被看见的话，也是从远处看见，他的面容会被庭院里的沙尘遮得模糊不清。

安德烈耶夫从梯道中走出来，观察院子。他的姿态看上去轻松自在，但是后颈的肌肉紧张得发抖。他伸出手在身后做了个手势，示意兰博和穆萨跟上来。

但是如果他在骗我们呢？兰博心想，如果我们下去之后，发现面前是一群士兵呢？

他再次压抑住疑虑。从现在开始发生的事情将继续取决于命运。他蹑手蹑脚地走下楼梯，只看到 40 码外有两个士兵背对着自己站在一辆车前面，便迅速冲向一辆军用卡车寻找掩护。兰博和穆萨一起钻到卡车下面，之后他从背包里取出定时炸弹，设定为 13 分钟，然后将它塞在卡车传动轴上方。穆萨拿了几个炸药，从卡车下面爬出，偷偷向毗邻的一排装甲运兵车溜过去。兰博跟着他，压低身体，不断扫视着四周，准备一旦出现士兵就卧倒寻找掩护。

至于安德烈耶夫，他正紧张地沿着墙向梯道的右边走，经过几扇门之后，停在通往牢房的那扇门旁边的阴影中，他对兰博说过这扇门的位置。穆萨在装甲运兵车下面装完了炸药，兰博在俄式吉普下面也装了炸弹。因为已经过去了 1 分钟，他将定时器设置成了 12 分钟而不是 13 分钟，想让爆炸尽可能同时发生。

当他朝安德烈耶夫的方向返回时，他看见这排车辆的最后一辆车旁边有个巨大的储油罐。这个目标太诱人了，他改变了方向，朝它偷偷溜过去。

他迅速向哨兵望了一眼，不由得僵住了，其中一个人正在朝兰博的方向转身。暴露了！兰博猛地卧倒在地上。

但是很显然速度不够快，当兰博钻到这排车辆末端的一辆吉普车下面时，他看见哨兵的两只靴子朝这边走来。它们走到吉普车前面，鞋尖对着兰博的脸，仿佛这个卫兵正在从引擎罩上方看过去，盯着这辆吉普车和储油罐之间的空地。

靴子向吉普车的一侧移动。尽管沙尘弥漫，靴子在兰博眼中仍然清晰得可怕。它们和他的脸只有 1 码远，看上去像庞然大物一般。

兰博突然听到卫兵迷惑不解的声音:“我还以为你死了。”上帝啊,他看见了安德烈耶夫。

“你去哪儿了?”卫兵用更迷惑不解的语调问,他的声音被风压得有些含糊,“你是怎么在那场战斗中活下来的?你是怎么回到这儿来的?”

卫兵的靴子沿着吉普车的一侧移动,绕过它的后部,走到安德烈耶夫身边。

这个卫兵会看见穆萨吗?穆萨藏好了吗?

兰博心脏怦怦直跳,他从吉普车下面爬出来,用车身当作掩护,不让卫兵看见自己。他冒险从车顶探出头来,看到第二个卫兵转过身来,看着第一个卫兵充满疑惑地走向安德烈耶夫。

“我们吃了败仗之后,我想办法逃走了,”安德烈耶夫说,“今天晚上回来的,”他挤出一声笑,“好一顿走啊。”

“没人告诉我你回来了,”卫兵困惑不解地说道,“消息一定会传开的吧。”

那卫兵走到安德烈耶夫对面,另一个卫兵也开始走过去。

“我一直在扎桑上校那里,向他汇报。”安德烈耶夫突然挥起步枪,一枪托砸在卫兵的脸上。

另一个卫兵挺直身子,举起了枪。一支箭从兰博的弓上飞出,击穿了他的太阳穴。

兰博转身用弓瞄准安德烈耶夫身边的卫兵,但他用不着射箭。安德烈耶夫又砸了卫兵一下,把他砸得失去了意识,或者更严重。

兰博匆忙赶过去,穆萨从一辆装甲运兵车的履带之间爬出来。他们将尸体拖到装甲车旁边,再塞到车身下面。兰博匆忙将一枚定时炸弹设置为 11 分钟，塞到储油罐后面。

他跑到通向地下牢房的门口，安德烈耶夫将门打开，他们焦急地朝被灯照亮的梯道窥视，随即向下走去。

# 8

听到远处的尖叫声，兰博紧张起来。叫声的调子很高，似乎并不是陶德曼的。虽然距离遥远，那声音还是含有一种可怕的力量。无论他正在承受什么，都一定痛苦极了，兰博心想。

他很想赶紧朝哀号声赶过去，但谨慎让他放慢了步子。安德烈耶夫再次走在前面，让他先在楼梯底部出现。

“安德烈耶夫？”一个男人的声音惊奇地问。

安德烈耶夫走上前去，离开了兰博的视线。

“叛乱分子抓住了我，我逃走了，我刚刚回到要塞。我掌握了重要情报，我知道叛乱分子藏在什么地方。”

“叛乱分子？上校一定会很想见你！”

“我正在找他，他不在自己的宿舍，有个卫兵说他可能在这下面。”

远处，那男孩继续嚎叫着。

“没错，”那个声音说，“上校就在这里，”钥匙叮叮当当，一把椅子挪动的声音，脚步声，“我马上去告诉他——”

那个粗哑的嗓音发出了窒息的声响。

兰博冲到梯道底部，一转身看见安德烈耶夫正在用卫兵的棍子从后面卡住他的脖子。

卫兵剧烈扭动，然后身体瘫软下来，倒在地板上。安德烈耶夫一直等到卫兵停止颤抖才松开棍子。

兰博抓住卫兵的那串钥匙，穆萨帮助安德烈耶夫将尸体拖进一个像是库房的房间。卫兵刚刚在一张桌子跟前执勤，桌子后面是一扇关闭的金属门。透过门上的钢筋小窗口，可以看到里面有一条走廊，两侧都是牢房。

嚎叫声发出尖锐的回响，沿着走廊传来。

兰博将一枚定时炸弹设置为 9 分钟，放进桌子的一个抽屉里。

他听见了发动机低沉的咆哮声。

“那是什么？”他低声问。

安德烈耶夫指向另一条走廊：“发电机房。”

“带我去。”

他们来到一扇门前，门后马达的轰鸣声让门颤动着。安德烈耶夫走进去，四处扫视，好像他本来就属于这里似的，然后向兰博和穆萨做了个进来的手势。

一台巨大的煤油发电机发出震耳欲聋的咆哮，地面都在抖。

兰博确定屋子里空无一人，然后将设定为 8 分钟的定时炸弹放进发电机下面的一处空间。

背包现在空了，兰博把它藏在一个垃圾桶里的垃圾下面。当他离开发电机房，跟穆萨和安德烈耶夫一道匆匆返回卫兵执勤处时，他突然产生了几个令人不安的念头。

如果陶德曼不在这下面呢？要是他在安德烈耶夫离开这座要塞之后被转移了呢？他可能被转移到了要塞的其他地方，或者可能被直升机运到喀布尔，或者……

他不想考虑这种可能性。

陶德曼可能已经被杀了。

不。

兰博猛烈地摇头。

不，我不可能来得太晚。

他来到通向牢房的门口，用卫兵的那串钥匙在门锁上试了几下，直到其中一把插进了锁。他转动钥匙，发出金属摩擦的声音，锁一开始有些吃力，然后就开了。

门上安装的是柄式把手而不是球形把手。兰博一拉，门缓缓打开。他压低身子，隐藏在门后，让安德烈耶夫走在前面。

沿着走廊回响的尖叫声达到了痛苦的巅峰。

# 9

尖叫声突然停止了。回音萦绕了一会儿，然后也停止了，走廊里安静得令人不安。

只有安德烈耶夫踩在地板上的靴子声。开锁和开门的声音让走廊那头的卫兵好奇地朝他这边转过来。

安德烈耶夫的手里有一个他从那张桌子里拿出来的信封，他猛地向前举起信封，仿佛带来了一封急件。卫兵离开自己的岗位，走过来拿这封信。

10 步之后，卫兵犹豫了，疑惑扭曲了他的五官，因为他认出了安德烈耶夫。他张开嘴，但根本没有机会说话。安德烈耶夫突然卧倒在地，面对他古怪的行为，卫兵下意识地低头一愣，根本没时间对突然出现在走廊尽头的兰博作出反应。

兰博射出一支箭，箭以每秒 250 英尺的速度呼啸而去，射中卫兵，让他后仰跌倒。箭头从他的颅骨冒出来，在混凝土地面上发出刮擦的声音。

走廊再次安静下来。兰博离开穆萨，让他回到院子里监视楼梯的动静，自己快速潜行至安德烈耶夫身边。苏联人将卫兵的尸体拖进一个打开的空牢房里，兰博和他一起进去，躲在走廊里看不到的这个地方。他们听见有声音从更深处的一个牢房里传出来。

这个刺耳的声音说的是英语，但口音是苏联人的，兰博不明白这个人为什么不说自己的母语。

“罪犯不坦白时，就会发生这样的事，”那个刺耳的声音用英语说，只要美国人告诉我我想知道的事情，我就不必非得问别人。这是美国人的错，不是我的。”

“混蛋”一个声音用英语喊道，它是从更近的一个牢房里传出来的。

这个声音让兰博的心跳停了一拍。他吸入一口气，强烈的兴奋感充盈胸膛。

他不可能认错这个声音。尽管颤抖着，充满痛苦，因为愤怒而粗哑，但它不可能属于任何别的人。

上校还活着。他还在继续怒骂，连珠炮似的吐出肮脏的字眼，直到他的声音撕裂，痛苦地气喘吁吁。

“我们的客人要是想说话的时候，还是说得很溜啊，”那个刺耳的声音用英语说，“可惜他没有早点儿开口，如果我再审讯一个犯人，我们的客人会不会赏脸和我们对话呢？”

走廊再次变安静了。

安静被打破。

“我不知道反抗军藏在什么地方！”陶德曼吼道。

“我们很快就能确定这一点。与此同时，或许我们审问的下一个犯人会知道。”

在过去的这30秒里，兰博一直在行动。他抓着用来打开刚刚那扇门的钥匙，将它插进自己藏身的牢房打开的门里，希望能掌握什么信息。

钥匙将锁打开了，开锁的摩擦声淹没在从其他牢房发出的声音中。

这把钥匙一定能开所有的锁，他对自己说。

他向走廊里窥视，一个人影也没有。然后他尽可能安静地走出去，经过陶德曼的牢房门前，走向它隔壁那扇打开的门。

他无法知道那个房间里有多少人。他听见了两个人声，但如果里面还有其他人怎么办？如果人数太多，自己来不及将他们全部射杀，就会被他们当中的某个开枪打死。

还有枪声，他不能冒令这座要塞警觉的风险。

除非他完全走投无路。除非他已经把陶德曼弄出牢房，为了逃走做了自己能做的一切事情。

再有 4 分钟，炸药就会开始爆炸，然后枪声就无关紧要了。爆炸之后一定会有很多人开枪，对此他一点也不怀疑。

但是现在他需要安静地制服这些人。

他停在这个打开的牢房旁边，里面传出人声。

“再带过来一个犯人。”那个刺耳的声音用英语说。

听到沉重的靴子声靠近门口，兰博迅速采取行动。他一转身冲进门，砰的一声将门迅速拉上，再将钥匙插进门锁。兰博用力将门拉住，而一名士兵在牢房里猛拽。

兰博扭动钥匙，门反锁了。

牢房里的人大喊起来。

闭嘴！兰博心想。他举起刀刺向正在大力拽门的那个大块头士兵，突然之间，他意识到即便自己杀死了这个士兵，也无法让另一个不在视野里的人闭嘴，后者正在拼命呼救。

兰博将刀收回刀鞘，伸手从箭袋里摸出一个用作箭头的东西。它是圆锥形的，它在使用的时候不会发出声响，但是它会让里面的任何一个人失去行动能力。

拳头砸在这扇门的内侧。叫声更大了。

兰博透过门上的钢筋，将圆锥形的箭头扔了进去。这个催泪瓦斯容器撞在对面的墙上，摔得粉碎。白色气体升腾，扩散到牢房的每个角落。

随着气体的扩散，里面的人咳嗽和呕吐起来。兰博扔了第二个催泪瓦斯箭头，气体更加浓烈。抓在窗口一根钢筋上的手松开了，咳嗽变得更加剧烈。

但是至少这些人没有大喊大叫，至少要塞不会听到他们的求救声了。

兰博抓着钥匙，来到隔壁的牢房前。他的手指颤抖着，努力稳住心神才将钥匙插进锁眼。他扭动钥匙，将门推开。

陶德曼的样子几乎让兰博哭出来。他的脸瘀青肿胀，几乎认不出来，臭气熏天的牢房里到处都是血迹。

“噢，上帝啊，上校。”

“约翰？”陶德曼困惑地眨着眼，仿佛是在害怕自己精神失常，产生了幻觉。

“你就要离开这里了，长官。”

“这究竟是——？”

“我来救你出去。站起来，长官。”兰博把他扶起来，撑住他，催促他走出牢房。

“但是约翰，你——？”

“走，长官，不要说话。”

# 10

陶德曼心中涌起一阵强烈的恐慌，令他想要呕吐。离开牢房里炫目的聚光灯之后，走廊里的正常灯光似乎非常暗淡，影子在他眼前打转，他看什么东西都是虚的。

但是他一点都不怀疑，是兰博冲进牢房把他扶了起来，现在又帮助他沿着走廊踉踉跄跄地走。

这是怎么——?

兰博时不时停下，做着一些陶德曼看不懂的事情。

他渐渐明白了，兰博是在打开其他牢房的门，放出其他囚犯。陶德曼竭力稳定视线。在这些沿着走廊奔跑的阿富汗人的重影中，他看到一个让他心惊的人。这个人有一头金发，穿着苏联军装。他想，这个士兵发现我们了。

陶德曼试图推开兰博逃走，但是兰博将他搂得更紧，让他更靠近那个士兵。

“不！他们会杀了我们，约翰！”

当兰博急匆匆向那个苏联人说话，而后者忙不迭回答的时候，陶德曼的混乱感更严重了。

“约翰，他……？”陶德曼头晕目眩，思维完全转不过弯。

# 11

兰博紧紧扶住上校，让他移动得更快。他们来到走廊尽头，穿过一扇打开的门，然后停了下来。穆萨正在对反抗军囚犯发出指令。

“定时炸弹还有 2 分钟就要爆炸了，快走。”兰博说。

梯道顶端的门突然打开，一个士兵开门进来后又将门关上。往下走到一半时，他才看到兰博、陶德曼和这些阿富汗人，一下子就呆住了。他瞪大双眼，转身就跑。

“穆萨，别开枪。”兰博提醒道。他一只手扶着陶德曼，不能持弓瞄准，何况弓还挂在肩膀上。他用空出的那只手拔出自己的刀，扔了出去。

又长又弯的刀刃刺中了士兵的背。

就在他倒下的一刻，穆萨冲向他，用一只手捂住他的嘴，盖住他垂死的呻吟。

兰博赶忙扶着陶德曼向梯道顶端走去。他从死去的士兵背上拔出刀，然后缓缓将门打开，朝院子里打着旋儿的风沙窥视。风呼啸着掠过被风暴模糊了的护墙，他没有看见卫兵。

定时炸弹。他查看手表，我们现在只有 90 秒的时间离开这里。

他扶着陶德曼走进院子，在北墙的阴影中移动。那些吉普、卡车和装甲运兵车在对面一字排开。在这些车辆下面，计时器正在数秒，到时候电池就会向雷管发射电流。

快走!

他把陶德曼搂得更紧了，催促得更急了。安德烈耶夫匆忙地跟在他身后，穆萨和阿富汗囚犯一起跑上来跟着。

通向护墙的梯道离得更近了。20 码，10 码。兰博刚刚扶着陶德曼走进去，就听见院子里传来一声叫喊，他迅速转身。

一个士兵从敞开的门口看见了他们。这个士兵大声呼喊着，从房子里抓出一支步枪，举枪瞄准。

别无选择，穆萨朝他开枪了。

在枪声的惊动之下，更多士兵出现在一个个门口。从震惊的情绪中缓过劲儿之后，他们纷纷去抓武器。

穆萨继续射击。墙壁上出现枪眼，数名士兵倒地。阿富汗囚犯们跑上了梯道。警报声响起，士兵们向穆萨还击。

兰博将陶德曼拖上梯道，直到从院子里看不见他们。穆萨和安德烈耶夫向院子里扫射，然后跑上台阶。兰博将陶德曼放下，取下肩上的 M-203，冒着暴露自己的危险往回冲下楼梯，举起榴弹发射器瞄准。

定时炸弹还有 30 秒才会爆炸，他需要分散士兵们的注意力。对着那排车辆末端的储油罐，他开火了。榴弹炸裂了储油罐，引爆了安装在它后面的定时炸弹。一个急剧增大的火球吞没了 20 英尺以内的所有东西。士兵们倒地，燃烧，尖叫。储油罐旁边的那辆吉普车着了火，也爆炸了。

子弹打在梯道上，击落了许多岩石碎块。兰博跑上去，又躲开了院子里的视线，然后抓起陶德曼。他沿着台阶往上走的时候，听见护墙上响起了枪声。他判断是哨兵岗亭里的士兵。他听见一支 M-16 步枪的哒哒声，那是穆萨。然后是声音更大的AK-47的噼啪声，那可能是一名士兵或者安德烈耶夫，无从判断。护墙上的枪声停止了，但院子里的枪声还在持续。一名士兵冲进梯道底部，出现在兰博的视线内。他正要举枪向上射击，只见他身后火光一闪，就被冲击波的力量推倒了。

定时炸弹接连爆炸。

在院子里，爆炸一声接着一声，风中的烈焰在梯道里照出明亮的光。接连的震荡让兰博站立不稳。他努力保持平衡，同时将陶德曼拽上台阶。

护墙上的枪声更密集了。护墙中央探照灯岗亭里的士兵肯定加入了战斗，肯定还有其他士兵从护墙其他角落的哨兵岗亭冲过来。

探照灯岗亭、哨兵岗亭，兰博意识到自己安置在那些地方的定时炸弹还没有爆炸，穆萨、安德烈耶夫和那些阿富汗人可能会被炸飞，他和陶德曼如果太早出现在护墙上，也可能被炸飞。

子弹在梯道里弹跳。在院子里，另一辆车爆炸了。兰博躲避声浪和热气时，突然感到一股猛烈的气流砸在自己背上。梯道顶部与此同时发出爆炸的巨响，一定是哨兵岗亭炸了。迸发的火苗掠过梯道顶部，在大风中闪烁不定。

兰博将陶德曼拽到更高处，帮助他踏上一片狼藉的护墙，进入嚎叫的沙尘暴中。就在这时，护墙中央的探照灯岗亭在烈焰的咆哮中炸开了花。他和陶德曼向后趔趄了一下，差点儿栽下楼梯井。

士兵们冲上楼梯。

兰博用空出来的手瞄准开火，榴弹将士兵们炸下楼梯。

“穆萨！”兰博喊道，“安德烈耶夫！”

他们及时撤下护墙了吗？他安在上面的定时炸弹有没有杀死他们？

在院子里，一辆装甲运兵车爆炸了。从要塞北部的地下传来两声沉闷的爆炸，震撼着墙壁。要塞的灯全都在一瞬间熄灭了，它的发电机被炸毁了，但是院子里的火光照亮了下面乱成一团的士兵。

兰博操起步枪一阵急射，然后带上陶德曼急匆匆沿着护墙撤退。

“穆萨！安德烈耶夫！”

护墙上躺着几具尸体，兰博带着陶德曼冲向他们。两个反抗军俘虏被炸死了。穆萨慢慢站起来，昏昏沉沉地摇着头。安德烈耶夫试图站起来，但是又倒了下去。即便是在浓密的飞沙中，院子里的火光也足够明亮，照出了嵌在安德烈耶夫胸前的一大块金属，一块血迹在苏联人的衬衫上蔓延开来。

“不！”兰博大喊。

安德烈耶夫挣扎着坐起来，从院子里飞来的一颗子弹击中了他。

“不！”兰博转向院子，“不！”他一手扶着陶德曼，另一只手朝下面燃烧的区域扫射，又一枚炸弹爆炸了，又一辆装甲运兵车炸成了碎片，兰博继续射击，“不！”

# 12

阿佐夫少校从他刚刚用打字机打出的文件上抬起双眼。他一开始是想写一份申请，请求调到其他部队，尽可能远离这片失控的土地。但是回想起那个他亲眼见到的可怕场面，阿佐夫猛地将这页纸从打字机上扯下来，撕成了碎片。他匆匆插入另一页纸，愤怒地开始打出一份截然不同的文件。他在这份文件里宣布辞去目前的职务并要求从军队退役。他再也不想和战争产生关系了，他想回到自己长大的乡村，在那里看万物生长，而不是看人们死去。

但是无论他多想逃离这场战争，这场战争却无法回避，它执着地纠缠着他。枪声让他吃了一惊，院子里的爆炸声震碎了他二楼房间的窗玻璃。他遮住自己的脸以免被飞溅的玻璃划伤，并立即卧倒在地。一个火球从他窗外升腾而起，耀眼的光刺得他眼睛生疼，第二次爆炸摇晃着他胸口下面的地板。

他踉跄着站起来，听到了枪声、更多爆炸声，还有叫喊声。他下意识地将手枪从枪套中拔出。又一次爆炸让他摇摇晃晃，他急忙跑向那面窗子被震碎的墙壁。院子里火光冲天，吉普车、卡车和装甲运兵车都被炸毁了，到处都是它们的大块碎片。士兵们朝要塞东北角的一个梯道开火，又将枪口转向护墙的东半部分。

阿佐夫慢慢靠近窗边，尽可能不暴露自己，只向外面窥探了几秒钟。战斗的方式让他困惑，似乎袭击不是来自要塞外部，而是来自内部。他没有听见迫击炮炮弹划着抛物线砸进院子里时发出的特别的呼啸声，相反，车辆是从下开始爆炸的，仿佛下面安了炸弹。阿佐夫冒险再次向外窥视，他看见了护墙上的人影，他们大多数是阿富汗平民打扮，不过其中有个人一头金发，穿着军装，似乎是苏联士兵。让阿佐夫震惊的是，这个士兵没有向阿富汗人开枪，而是在向院子里开枪。

又一次爆炸引起的震动让阿佐夫蹒跚着后退了两步，但就在这时，他看见一个阿富汗人翻过护墙，抓住了好像是绳索的东西，然后滑了下去，消失不见了。阿佐夫从附近又一声爆炸的震荡中醒过神来，蹒跚着回到窗边厚厚的墙壁那儿。

他再次向外看。又有一个阿富汗人翻过护墙，滑出了视线，然后又是一个。士兵们一开始没有击退这群入侵者吗，他们是怎么翻过护墙的？

阿佐夫摇摇头，这说不通，入侵者会携带武器，但是护墙上的大多数阿富汗人手无寸铁，而且要怎么解释那个朝院子里开枪的苏联士兵呢？

伴随着一股醍醐灌顶的力量，阿佐夫突然知道该如何解释自己见到的所有这些令人困惑的细节了。这些阿富汗人不是在入侵，他们是在从牢房里逃跑，那个苏联士兵是在帮助他们。

护墙东北角的哨兵岗亭在爆炸声中变成了一团火焰，爆炸的冲击力将三个剩下的阿富汗人和那个苏联士兵掀翻在护墙上，他们试图站起来，但是护墙中央的又一次爆炸再次将他们掀翻。

射击继续着。阿佐夫告诉自己，他应该冲出自己的房间，跑下楼梯，加入院子里的士兵中。领导手下的士兵是他的责任。但是这场战斗开始时他用打字机写的那封愤怒的辞呈否定了他履行职责的欲望。

不！这场战争不是我的！

又有两个人影出现在护墙上。一个人踉踉跄跄，是那个美国犯人。帮他在护墙上走动的人穿得像阿富汗人，但看上去也是美国人。虽然风沙漫天，但阿佐夫没法不注意到他。第二个美国人身材高大，肌肉强壮，十分威武。他任由黑色长发在风中飞舞，弯腰蹲在那三个阿富汗人和那个苏联人身边。一个阿富汗人摇摇晃晃地站了起来。苏联人坐起来，倒下，又坐起来，然后头部猛地一动，好像被射中了颅骨。美国人愤怒地站起身，他用一条手臂扶住被解救的美国同胞，用另一条手臂操起他的自动武器，朝院子里开火。后坐力让他颤抖，但是强壮的肌肉将掌握武器的手臂控制得很好，操纵着自动步枪来回扫射院子里的士兵。“不！”美国人叫道，“不！”他又喊了一声，“不！”他叫个不停，声音甚至比风的呼啸还要尖锐。

阿佐夫根本没有意识到自己在做什么，便举起了手枪。尽管为自己的动作吃惊，他还是继续着。在军纪和训练培养出来的本能下，他举枪瞄准那个美国人。站在这扇窗户后面，占据着朝向那个美国人的有利位置，他对于能够击中目标没有一点儿怀疑。手枪的前后准星完美对齐，正落在那个美国人的胸口。

从青年时代，阿佐夫就一直是手枪射击专家。他获得的射击比赛冠军比自己团里的任何其他士兵都多，这叫他引以为傲。实际上他保持着全赛区有史以来的纪录，他对自己的能力完全自信。他要做的只是轻轻扣动扳机，上校会对他非常满意。

阿佐夫缓缓放下手枪。

让扎桑上校吃屎去吧。

这不是我的战争！我与战争再无瓜葛！

# 13

最后一个空弹壳从兰博的步枪里弹出，被风推走。他扶陶德曼坐下，退出空弹夹，抓起一个装满的弹夹，压进步枪。

他没有继续射击，而是转身向穆萨喊道："沿着绳子下去！"

穆萨端起步枪朝出现在楼梯井顶端的士兵瞄准射击，他们应声倒地。他抓起绳子，翻过护墙，滑了下去。

兰博朝从楼梯井里冒出来的更多士兵连发三枪。他疯狂地向上拉绳子，将它全部拽上来，然后将末端缠绕在陶德曼的腋下。当子弹呼啸着打在护墙上，他小心地将陶德曼扛上护墙边缘。双脚牢牢地钉在地面上，将绳索绕过自己的左肩，然后抓住离陶德曼最近的一段绳子，迅速将他向护墙下面放。

绳索滑动。摩擦产生的高温灼烧着兰博紧握的手掌，他不在意。子弹在他脑袋旁边飞过，他不为所动。只有陶德曼才是要紧的。

下面，要塞之外，一声爆炸让他脸上的肌肉抽动了一下。不！反抗军囚犯们一定失控了。肯定是有人恐慌起来，跑到雷区把自己炸上了天。

"穆萨，告诉他们别动！"

兰博急切地想把陶德曼放到地上。为了尽快下降，他增加了绳索从拳头中滑过的速度。

一颗子弹划过他的手臂，他放下绳索的速度更快了。感到绳子松弛之后，他转过身，向楼梯井发射了一枚榴弹，又向在院子里跑向梯道的士兵扫射了一通。

一瞬间，他瞥见院子对面的一扇窗户里有一张脸，一个军官正在放下手枪。

兰博不明白这是怎么回事。他将M-203榴弹发射器甩到肩上，抓起绳索顶端，确保抓钩牢靠，然后翻过护墙，以他从未尝试过的速度迅速下滑。他揪紧了心，手掌摩擦出血，在坠落到地上的瞬间弯曲膝盖，然后迅即站起，朝黑暗中被风暴模糊的人影冲去。

穆萨扶着陶德曼。其余的阿富汗人焦躁不安，害怕极了。

“我们怎么通过雷区？”穆萨问，“没有安德烈耶夫……”

兰博对着风沙中不见踪影的铁丝网射出一枚榴弹。伴随着火光，那道障碍解体了。他在硝烟和飞沙中向火光走去，一边走一边朝前方的地面扫射。地雷纷纷爆炸。

弹片在他前面横飞。他从口袋里掏出一枚榴弹，装进发射器，朝前方地面开火。又有地雷被引爆了。

他打光了步枪的弹夹，取下用胶带粘在步枪枪托上的一个装满的弹夹。他装弹，再次向地面扫射，就这样在爆炸中向前走。更多地雷爆炸了，爆炸腾起的沙子和被风吹的沙子混合在一起，让他感觉自己正在迈步穿越一片翻腾的海洋。

但是他继续前进，炸掉剩下的铁丝网，用手去推阿富汗人，让他们更快地投入到风暴的怀抱中，然后转向扶着陶德曼的穆萨。

“把他交给我吧。”

“我从安德烈耶夫身上拿了他的指南针，”穆萨说，“给你。”

兰博将陶德曼背到肩上。他盯着发光的指南针，选好方向，奔跑起来。陶德曼在他肩上的重量一开始有些让他行动不便，但是兰博调整了自己急躁的步子，让奔跑更加平稳，让陶德曼的身体不再颠簸。他更卖力地逃离燃烧的要塞。马，他需要赶到有马接应的地方。

# 山洞

# 1

外面的士兵刚一打开牢房的门锁，扎桑上校就将考诺夫中士一把推开，踉踉跄跄地冲了出去。除了这个士兵手中暗淡的手电光束，走廊里一片漆黑。10分钟前，在又一次猛烈的爆炸之后，下面的灯全都熄灭了。虽然扎桑在牢房里用手帕捂住鼻子呼吸，但是也无法阻止催泪瓦斯钻进他的鼻孔。他的双眼泪汪汪的，肿胀不堪。他感觉自己的脸好像被烫伤了一样。

他的喉咙和肺疼得厉害，让他无法询问这名士兵。但是他听到了疯狂战斗的声音，这让他夺过士兵的手电筒，以他能够允许的最快速度上气不接下气地沿着走廊蹒跚而行。这么多枪声和爆炸声，他心想，叛乱分子一定发动了大规模袭击。

但是他立刻意识到，早在这场战斗开始之前，那个把他们锁在牢房里的人就已经发起袭击了。那时，扎桑透过门上的钢筋小窗口迅速瞥了他一眼。这个人穿着阿富汗衣服，但是涂着油彩伪装、凶猛吓人的脸看上去像白人，可能是美国人。直到催泪瓦斯在牢房里爆炸，走廊里的牢房都被打开，犯人纷纷逃走之后，外面的战斗才开始。

扎桑心中的疑问更多了。那个美国人是怎么摸进要塞的？那么一大群叛乱分子是怎么和那个美国人一起溜进来而不被察觉的？

扎桑冲过走廊末端的一地瓦砾，考诺夫中士和那个士兵跟在后面。

当他跌跌撞撞地走上楼梯时，手电筒的灯光照出一个死人。他咳嗽着清出吸入的催泪瓦斯，打开通向院子的门，眼前一片狼藉的景象完全出乎他的意料，几乎让他踉跄着向后退去。院子里到处都是残骸，火焰从卡车、吉普车和装甲运兵车扭曲的躯壳里向外喷出，尸体躺得到处都是。士兵们有的在喷射灭火器，有的将伤员从瓦砾下拉出来，有的匆忙跑去守卫护墙，用机枪瞄准要塞巨大厚重的大门，还有的四处搜寻，看有没有其他入侵者。所有人都在妨碍对方的行动，乱作一团。

扎桑从门口冲出来，抓住从旁边跑过的一名中尉吼道："把这些人整顿起来。"

中尉吃了一惊，慌忙立正。

"告诉你身后的那些士兵，让他们放低枪口，别打伤了墙上的自己人。组织一支小队去给医生帮忙。把工兵找来，监督工兵把发电机修好。"扎桑被灼伤的喉咙让他再次咳嗽起来。他转向考诺夫中士命令道："告诉每个军官，我要现状汇报，越快越好。"扎桑扫视这片混乱。"阿佐夫少校在哪儿？"突然，扎桑看见阿佐夫出现在院子中央一辆卡车残骸附近，便朝他走过去。

阿佐夫正在用力从一个伤员身上抬起一大块金属板。

"伤亡数字是多少？"扎桑质问。

阿佐夫的脸因为用力拉拽伤员身上的金属板而扭曲。"别动，"他对伤员说，"我去叫医生来。"

"我在问你，少校。伤亡数字是多少？"

伤员的嘴里涌出鲜血，身体颤抖起来，然后就不动了。阿佐夫看上去茫然若失。

"伤亡数字是多少，阿佐夫少校？"

阿佐夫的眼睛重新聚焦，似乎才意识到上校在自己身边，对自己吼着什么。“伤亡？”他的声音病恹恹的，“死亡 20 人，”他摇摇头说，“我知道的至少有 20 人，受伤的人数可能是两倍。”

扎桑的脸震惊得抽搐起来：“叛乱分子呢？刚刚肯定是大规模部队。进攻的有多少人？我们杀死了多少？”

“2 个阿富汗人在护墙上死了，还有 2 个在雷区被炸死了。”

扎桑倒吸一口凉气：“这么强大的一支军队，杀伤我们至少 40 名士兵，自己的损失只有 4 个人？这不可能！”

“你没弄明白，那些阿富汗人不是在进攻要塞。”

“那他们在干什么？”

“逃跑。他们是关在这里的犯人。”

“我们没有打死任何入侵者？”

“打死一个，但他不是阿富汗人。”

“你在胡说八道些什么！”

“我们的一个士兵在帮助他们。一个变节者，他被打死了。除了这个变节者，”阿佐夫向他们四周乱糟糟的士兵、残骸、火焰和尸体做了个手势，“造成这一切的只有两个人，一个阿富汗人和一个美国人。那个美国人造成的破坏最大，我从窗户里看见他了。”

“你看见他了？”

“他当时站在护墙上，一只手扶着那个美国犯人，另一只手向院子里扫射。”

“你为什么不开枪打他？”

“情况太复杂，没有时间。”

“你是你们赛区的手枪速射冠军，少校。有些事很不对劲，你的判断出现了严重错误，几个人不可能造成这么大的损失。”

“但是……”

“听着！要塞是被至少200名叛乱分子攻击的，因为风暴，我曾谨慎地命令更多卫兵守卫护墙。虽然我谨慎应对，但叛乱分子还是未经察觉地摸到了要塞的护墙下。他们的攻击非常凶猛，但我们英雄的战士团结一心,击退了他们的进攻,并造成了敌人的重大伤亡。撤退时，叛乱分子带走了他们的死者和伤员。”

“但事情不是这样的！我看见的不是这样！”

“你几乎什么也没看见！只是从你的窗口稀里糊涂地瞟了几眼，情况太复杂了——这是你告诉我的，甚至没有时间让你这个手枪速射冠军向敌人开火。你的报告就要写成这样，否则我就把你送上军事法庭，罪名是临阵退缩，玩忽职守。”

阿佐夫神情严肃地点点头。

“其他军官将上交和你一致的报告，你负责落实，几个人不可能造成这么大的破坏。”

扎桑没有明说的是，如果几个人能够造成这么大的破坏，他的上级一定会要求解释。他无法提供解释，他的前途会完蛋的，他会被永远困在这个粪坑一样的地方，而他不想被困在这里。就算把报告写成这样，他也一定会遭到上级的严厉指责，只有一件事能救他。

“我太仁慈了，我太依赖下属，这一次，我要亲自指挥这次搜索歼灭行动。”

是的，他心想。歼灭。

“动员士兵！我要他们在1小时内做好战斗准备！”

“冒着这样的风暴？什么也看不见！”

“敌人同样看不见！他们会以为我们待在要塞里！他们不会知道我们会选择出动！我要用他们的战术对付他们！我要让他们大吃一惊，就像他们对我们做的一样！”

# 2

兰博的步子迈得更大更快了。当他一边肩负着陶德曼的重量一边奔跑时，他担心自己在黑暗中找不到那块洼地。他仔细观察了指南针的荧光指针，更正自己的方向。他感觉到穆萨跟在自己身后，祈祷在洼地里等待的人没有遵从穆萨1个小时之后就离开的指示。虽然腿和肩膀都很疼，虽然肌肉痉挛，鲜血从被绳子擦伤的手掌中滴落，但他跑得更卖力了。

他感到地面开始升高。山谷平地的边缘！他很快就会进入山麓丘陵。

但是他需要找到他们将马留下来的那个洼地。他停下来等待穆萨，希望他们不会离得太远，以至于找不到对方。

一个人影从风暴中出现，是穆萨。他在兰博身边停下，喘得上气不接下气。

“我们知道那块洼地就靠着这面山坡，但是不知道是右边还是左边。”兰博提高声音，让自己的声音在风中也能被听到，“你走右边，往前走两千步，如果你还没有找到，沿原路折回与我碰头。”

“但是如果你也没找到洼地呢？”

“那我们就徒步进山。”

“走不了多远就会被士兵发现。”

“在风暴结束之前，他们是看不到我们的，他们知道这一点。”兰博说。

“还有 1 个小时就天亮了，风暴在白天就容易看清了。”

“那对我们的帮助和对士兵的帮助一样。别浪费时间了。”

穆萨的身影消失在风暴中。

兰博调整了一下陶德曼在自己背上的姿势。

“你怎么样，上校？”

“平稳得很，约翰。”

当兰博感觉到又热又黏稠的液体沿着他的身体一侧向下滴时，他的笑容消失了。他光顾着逃命，现在才注意到。他试图安慰自己，那是自己的手臂被子弹擦伤之后流出的血，但他无法说服自己相信。

“你中枪了吗，长官？”

“肩膀。”

“上帝啊。”

“我一直在按住伤口，但止不住血。”

兰博从衣服上扯下一根布条，缠绕在陶德曼的肩膀上当作止血带。他从一支箭上取下宽箭头，将箭杆对折，用箭杆将止血带拧紧，再固定住。他怀着更强烈的紧迫感，背起陶德曼，开始往左边走，边走边数步子。

“抓紧。”

“不，你抓紧。”陶德曼似乎觉得自己开了个玩笑，轻声笑了一下。虽然他的声音非常靠近兰博的耳朵，但是却好像来自遥远的地方。

兰博一边奔走一边数着步子。陶德曼开口说话了：“我真不敢相信你在这儿，约翰。你是怎么做到的？”

“命运，长官。”

“什么？”

“我照你想要的做了，你让我接受……”兰博绊到了一块看不见的石头上，他挺直身体，害怕没有抓牢陶德曼，“我的命运，长官，我现在有点忙，如果你不介意的话，我们以后再谈这件事吧。”

“说实话……”

兰博数到一百步，然后继续数着。

“实话，长官？”

“我不会介意休息下嗓子，累。”

兰博加紧步伐。别让他死，别让他死。

兰博感到更多血从自己身体一侧流下来，他强迫自己走得更快。现在他已经走了五百步了，但还没有发现那块洼地。山麓丘陵的山坡沿着山谷平地画出弧线。

他再次绊到一块看不见的石头上。这一次，他真的没有抓牢陶德曼。兰博摇摇晃晃，重重地摔倒在地，向下翻滚，猛地撞在一块石头上才停下来。

洼地。他到了。

但是当他强迫自己站起来时，他意识到洼地空空如也。他们走了！我们只能靠自己了！

他在风暴中摸索前行，往陶德曼掉下的方向走，但是当他用手抓着沙子向上攀登时，他听见了一声马的轻声嘶鸣。

就在他上方！

一只手抓住了他的肩膀，他拔出刀，差一点儿刺出去……然后如释重负。

兰博理解了抓住他的阿富汗人的意思。虽然听不懂他的语言，但对他想要表达的内容非常清楚。

你们等待的时间比穆萨吩咐的还要久，兰博心想。即便在这样的大风里，你们也肯定听到了从要塞传来的爆炸声。你们一定感到恐慌，但你们留下来了。

兰博和阿富汗人握手，记起那次马背叼羊大赛阿克拉姆和自己握手之后，米歇尔对自己说的话。握一个人的手是最高荣誉，我将永远记得你。

上校呻吟着。

“咱们把他从这儿弄出去。”兰博说。

阿富汗人听明白了。他迎着风说话，意思很明显，马在这个方向。

穆萨！我们得等穆萨！

“右边有条沟，”穆萨的声音让他吃了一惊，“我没法再往前走。”

“帮帮我。”

“好。”

兰博抱起陶德曼，来到一匹马跟前。穆萨帮他们上去。兰博翻上马鞍，陶德曼瘫坐在他前面。其他人步行牵马。他们爬上一面斜坡，开始进入山区。

## 3

扎桑不顾风沙造成的混沌和沙子打在脸上的刺痛，在大批士兵的簇拥下走出要塞。就连狂风的呼啸也压不过他右边的一声声咆哮，那个方向有个东西在隐约闪光。突然，闪光的物体一个接一个地出现，光源放大。它们不再闪烁，而是持续发出炫目的光。它们穿过沙尘暴，靠得越来越近，仿佛巨兽的眼睛。咆哮声变大了，朦胧的巨大轮廓在风暴中越来越明显，这是一支坦克和装甲运兵车纵队，是上校从要塞后面重兵把守的装甲基地调过来的。

车队停住，发动机的咆哮声略微减小，但它们隆隆作响的怠速声仍然震撼着大地。扎桑向考诺夫中士和阿佐夫少校喊出命令，他们跟着他走向一辆装甲运兵车，和他一起爬上去，跟在他后面穿过打开的炮塔口，钻进车内。

一个炮手盖上并固定舱口，金属的碰撞声在车里回荡。扎桑听不见风暴的呼啸了，唯一的声音是装甲车发动机低沉的轰鸣。

扎桑被迫在低矮、狭小、拥挤的车内空间弯着腰，挪动着身体经过摆放整齐的炮弹和机枪弹药。他坐在 5 名车组人员身后，并粗鲁地朝考诺夫中士和阿佐夫少校打了个手势，让他们和挤在后面车厢里的 4 个士兵待在一起。

扎桑认为考诺夫是不可或缺的，他极少在没有中士保护的情况下外出。但阿佐夫就是另一回事了，少校不一定非得去，他可以留在后方，帮助其他军官监督修理工作。但是阿佐夫总是爱争辩（而且在扎桑看来，他的争辩既不负责任，又十分懦弱），这让扎桑决定带他外出以示惩罚。这一次，你要成为战争的一部分，而不是旁观抱怨，上校心想。当战斗打响，我保证你会在交火最密集的地方，你要在战斗中证明自己，否则接下来的 20 年，你都将在监狱中度过。

扎桑神情严峻地看向这辆装甲车的指挥官，并向他发出命令："用无线电通知纵队，出发。"

指挥官遵命。装甲车的发动机不再低沉，再次咆哮起来。当它向前加速时，扎桑的胃紧紧贴住后背。指挥官拨动一个开关，关闭了装甲车的前灯，转换到夜视系统。

一块小小的电视屏幕显示出打着旋儿的绿色飞沙，屏幕上的图像是一台功能强大的摄像机拍下来的。这台摄像机穿透黑暗飞沙的能力令人吃惊。等到风暴退去，纵队已经从要塞开出好几英里了。沙尘沉降下来之后，在山里观察要塞的叛乱分子看不到坦克和装甲车从要塞出动对这次袭击展开报复，就会放松警惕。他们不会知道报复已经开始，扫荡部队已经做好了打击准备，发起进攻的地点将比叛乱分子预计的近好几英里。

扎桑信心满满地眯起眼睛。他承认，如果一个关键的假设到头来是错误的，自己的计划就无法实现。攻击部队需要一个明确的目标，一个确定的目的地，否则所有这些坦克和装甲车就只是在风暴中漫无目的地乱冲。

但他的确有目标。前天，两架武装直升机在要塞东北部山谷袭击一处反叛军基地时被击落。昨天，一支装甲纵队在要塞东南部的一条山谷里遭到袭击。今晚，袭击要塞的人是向东边逃走的。当然，只要他们跑到距离要塞足够远的地方，就可能改变方向以摆脱追兵。但在夜幕和风暴的遮蔽下，他们为什么要浪费时间这么做呢？因为担心在风暴中拐弯会让自己失去方向并迷路，他们最有可能沿着直线一溜烟逃走。

是的，扎桑心想。他每估计一次这个假设的合理性，就更确信自己是对的。东边，每一件事都说明是东边。确定目标之后，他就可以将部队集中在那片地区。考虑到出其不意带来的优势，他有相当大的机会找到并消灭叛乱分子。他仍然有可能是错的，不过就算他是错的，他损失的也只是时间。另一方面，如果猜对了，他就会获得拥有重大意义的胜利，让他的上级不再计较他最近的接连失败。

扎桑向后看了一眼运兵舱里的阿佐夫。你和我有一个共同点，他心想。我和你一样痛恨这场战争。它根本就不应该打起来。经过8年对叛乱分子的打击，我们并没有比一开始来的时候更接近胜利。

我们用全世界最精良的武装直升机和装甲车攻击反叛分子，然而我们还没有打败他们。如果说起到了什么作用的话，我们让他们更加坚定决心，更凶猛地反抗。这场战争将毁掉很多人的名誉和前途，要是我不小心的话，我自己也会前途尽毁。我愿意做任何事，只要能够打动我的上级，让他们相信我值得被晋升，派到别的地方去。派到任何地方都行，只要远离这个可怕的国家和这场徒劳无益的战争。

是的，上校心想。我们有一个相似之处，阿佐夫。我们都恨我们所在的地方，我们所做的事情。但是和你不同的是，我拒绝让这场战争打败我。当你放弃的时候，我选择维护自己。你让外物支配你，而我要支配外物。我将会面对问题，无论采取什么必要的方法。

他将目光从阿佐夫转向绿色电视屏幕，看着外面的风暴在屏幕上显示出的生动形象。打着旋儿的飞沙现在似乎没那么密集了，风力已经减弱。再过一两个小时，空气将变得明亮清澈。

但是别太快，扎桑心想。风暴最好持续到上午 10 点钟左右，直到我们已经远离要塞，进入战斗位置准备痛击敌人，这就是我想要的全部，再多一点时间。

这辆装甲车所属的纵队正在朝东南方向的一条山谷前进。这条山谷位于群山一侧。另一支纵队正在朝东北方向群山另一侧的山谷前进。当两支部队就位并形成钳形攻势，扎桑就会发出信号，两支纵队将进入群山，一起收紧。当然，坦克和装甲车最终将开到它们难以穿越的地形，到那个时候，士兵们将从运兵卡车上跳下来，徒步搜索山区。如果他们看到叛乱分子的营地，坦克和装甲车将根据士兵用无线电传回的坐标用大炮和火箭弹攻击营地。与此同时，就像追猎鸟和兔子一样，扎桑知道需要用某样东西惊起猎物。武装直升机，他心想。只要风暴停息，武装直升机就会起飞，飞临这些山里的每一道山脊和每一处洼地。如果叛乱分子在山上，他们就会被发现和消灭。

通过袭击要塞，你们倒是帮了我一个忙，扎桑心想。你们让我足够愤怒，足够绝望，以简单的视角看待目前的状况。我不能攻击每一片区域，但是如果你们藏在东边的这片山区，就逃不出我的手掌心了。我不关心这场行动要花多长时间，我就是要找到你们，我会让你们带着我施加给你们的所有痛苦悔不当初，让你们只希望自己当初没有救出那个美国人，干下一件件让我难堪的事。

当绿色屏幕显示出风暴进一步减弱时，扎桑突然想到了另一个美国人，那个脸上涂着伪装油彩、让人心惊胆战的入侵者：他把我锁在那间牢房，还让我饱尝了催泪瓦斯的折磨，阿佐夫还看见他在护墙上开火。扎桑不确定对于阿佐夫的报告自己能相信多少，也不确定需要否认多少事情才能让自己免于被上级劈头盖脸地训斥，说他无能。但是他的确知道一点，第二个美国人是存在的，被催泪瓦斯灼烧的脸让他恨得咬牙切齿。他发誓，要让那个造成这场灾难的人吃尽苦头，超过任何阿富汗人所受的苦，让人无法忍受的苦。

# 4

在黑暗中，当他们努力从山谷平地向上爬的时候，飞沙减弱了。风还在刮，树被吹弯，树枝发出互相刮擦的声音。但是至少我们摆脱了沙子，兰博心想。沙子在我们下面，我们身后。

他用腿夹紧马肚子，双臂环抱着陶德曼，后者在他前面颓然地坐着。前面黑乎乎的什么也看不见，有个阿富汗圣战战士在那儿抓着缰绳牵马。

“上校？”

没有回答。

“上校，我需要松开你的止血带。”

陶德曼的身体松垮地向前倾，拉紧了兰博的手臂。

“上校？”兰博用一只手按住陶德曼的左胸，心跳微弱，他抬起手，拍打陶德曼的脸颊，“长官，醒醒！”

“什么？”陶德曼猛地动了一下头，“我……对不起……肯定是……”

“别停止说话。”

“我还以为自己飘走了。”

“你不能再那样了，长官。”兰博没有说出口的是，我害怕下一次你就醒不过来了。

“你说什么都行，现在你是……”

“继续说呀！”

“……老板。”

“你最好相信，长官。发表一通演讲吧。”

“什么？”

“说什么都行，效忠宣誓、痛悔经。”

“痛悔……？我是长老会教徒，不是天主教徒！”

“很好，长官。继续说，我宣誓效忠……”

陶德曼条件反射地回答：“国旗……”

“以及国旗所代表的共和国……”兰博拧松对折的箭杆，松开固定在陶德曼肩膀上的止血带。鲜血流出。

兰博对陶德曼的爱让他赶紧再次扎紧止血带，止住了喷涌而出的血液。但这份爱也令他很矛盾，不得不对上校残忍一点儿。如果他完全中断受伤血管的血液流动，缺血的组织会导致坏疽，而在这样的荒野中，上校虽然能免于失血而死，却会因为坏疽死掉。

“上帝属下的一个民族，不可分割，”陶德曼喃喃自语，“人人享有……”

兰博尽可能多等了一会儿，然后迅速重新扎紧止血带。

“……自由和正义。”

陶德曼的血止住了。

兰博呼出一口气。

“不要停下说话，长官。你的效忠宣誓说得很好，让我们听听《星条旗永不落》的歌词吧。”

“别为难我，没人知道那首歌的歌词……”

“恐怕你说得对，那不如……当然……这个最合适……‘当约翰尼迈步……’”

“‘……回家时。’”

“这就对了，长官。继续说话，别让我生气，你最好不要再睡着了。”

# 5

厌恶。考诺夫中士无法确定自己更厌恶哪个军官。他坐在装甲运兵车尾部的运兵舱里，感受着这辆车的上下颠簸，听着发动机低沉的轰鸣,尽量不去看身边的阿佐夫少校。他敢肯定的是,如果他真的看了,虽然车里只有朦胧的绿光，少校一定会看出他脸上的厌恶，而考诺夫中士从不让任何一个军官知道自己的感受。

无论是自己的还是别人的软弱，都会让他恶心，而少校过去几个月的表现已经不能用可鄙来形容了。阿佐夫不但失控到和自己的指挥官争辩，而且还让自己表现出了该死的软弱。今晚看见那个受折磨的男孩时，阿佐夫表现出的神经质是不可原谅的。他在要塞遭受袭击期间以及之后的消极表现令人恶心，他出现在这次行动中，简直是一种侮辱。

力量，考诺夫心想。力量才是要紧的东西。勇气和纪律，它们很重要。如果一个男人不强悍，他就不是男人，就不值得尊敬。他无法忍耐，而忍耐是比一切都要紧的东西，忍耐就是生存，就是目标。

考诺夫自从幼年时代就学会了这一课。他在列宁格勒最贫穷的地区长大，意识到自己的父母、兄弟姐妹还有朋友们，全都接受了他们凄凉的人生，但是考诺夫发誓要摆脱这种处境。因为没有官僚阶层的赞助人，他没有希望进入将自己培养成军官的军校，没有希望获得报酬足以改善物质条件的工作。18 岁那年，他应征入伍，在接下来的两年里，那些让他想要逃离的苦难不减反增，但一次顿悟给了他希望。既然生活是一场永恒的战斗，他就以战斗为自己的职业。军队提供食物、服装和栖身之所，虽然谈不上奢侈，但肯定比他之前习惯的状况好。实际上军衔越高，军人的生活条件就越好。考诺夫决定给上级留下好印象，当一个出色的军人，沿着军衔晋升，直到由他自己下令，直到他生活得像他妒忌的那些人一样好。他不怀疑自己会获得成功，他拥有必要的才能，他比任何人都更加孔武有力，更加强悍凶狠。

但是在 38 岁的年纪，他却坐在这辆装甲运兵车尾部的运兵舱里，赶着去加入又一场战斗。在军队服役 20 年之后，他才只升到中士。虽然他一次又一次地证明了自己的力量和残忍无情，但他仍然只能接受命令，而不能发号施令。他仍然在忍受义务兵的恶劣条件，而不是享受军官的待遇。

考诺夫盯着前面的上校。我不知道他们俩我更厌恶哪一个，是更厌恶少校的软弱，还是更厌恶上校的忘恩负义。我成了他不可或缺的人，没有我当他的保镖，他哪儿都不敢去，他决定要干的每一项难事，被迫执行的人都是我。

但是他却不愿意提拔我。

也许我做得太出色了，也许我让自己太不可或缺了。

强悍。当然，我是强悍的。被我审讯的犯人一样也是强悍的人，我承认这一点。我让他尝到了无法忍受的痛苦，而他还是不说。也许他不知道上校想要的情报，但是我对此有所怀疑，他的眼睛里有一种东西，似乎在说："我比你更有力量，更勇敢，我不会背叛我的人民。"

另一方面，上校，我很想知道你在酷刑之下会是怎样。你会不会哀求怜悯？为了活命，你会不会回答问题，泄露秘密，出卖同志？你有多强悍，上校？你让其他人吃苦受罪，倒是毫不迟疑。你甚至没有胆量亲自折磨他们，你让我去做。大多数时候，你甚至不敢看。我想知道如果你受到这样的折磨，会是怎样的表现，我想知道到那时候，你会不会喜欢这种感觉。

随着装甲车上下颠簸，向前行驶，考诺夫突然意识到这是上校第一次随部队加入战斗。他会有多强悍？考诺夫盼望着一探究竟的机会。

# 6

“我们马上就到了，长官，坚持住。”兰博说。

但是上校没有回答。

现在刚过午后，风已经停了。这群人快速穿越树林，穿过兰博玩马背叼羊的那块场地，抵达一片地势更高的树林。兰博向前张望，急切地想要看到营地。他在树林里越往前骑，就愈发感到不安。

现在我应该已经看到帐篷才对，他心想。在我们刚刚穿过的那块场地，应该有一些骑马的人，这些树林里应该有村民。

突然，他看见了人影、帐篷、活动的人群。

放松，你太累了，以至于疑神疑鬼。

但是 5 秒钟之后，当他进入营地时，他紧张得绷紧肩膀，忧心忡忡。大多数帐篷都不见了。剩下的帐篷正在被拆掉，急匆匆地装在骡子背上。妇女和儿童在收拾厨具、织布机和地毯。反抗军战士们在检查武器。

“穆萨，问问这是怎么回事！”

兰博从马上跳下来，将陶德曼抱下来，冲向医务室。

米歇尔出现在洞口，看见他们冲过来，将嘴里的香烟扔在地上，跑过去帮忙。

在后面，穆萨和几个战士说了几句话，然后迅速跟上兰博：“他们说他们害怕你回不来了，担心你被苏联人杀死。”

米歇尔跑到兰博身边，抓住陶德曼的腿。

穆萨继续跟着："他们说他们很高兴你还活着，很高兴你救出了你的朋友。"

"告诉他们我很感激。"

"还不止这些。"

在米歇尔的帮助下，兰博将陶德曼从外面抬进洞穴，然后将他放在一堆稻草上。

陶德曼仰面躺着，昏迷不醒。尽管洞穴里十分昏暗，他淤青肿胀的脸仍然十分清晰，令人心悸。

"他的肩膀。"兰博说。

"你觉得我没看见他的伤吗？"米歇尔抓起医疗包，将它扯开。

上校呻吟着。

"还不止这些，"穆萨又重复了一遍，"你必须听。"

"不是现在。"兰博说。

"就是现在！他们要走！他们很抱歉！但是他们要离开这里！"

兰博猛地转向他。

"是的！"穆萨说，"我想让你明白！"

"我要和他们谈谈！米歇尔，你需要我的帮助吗？有任何我能做的事吗？"

"离开这里！看在上帝的分儿上，让我做我的工作！"

# 7

酋长们坐成一个半圆形，两侧站着护卫的战士，他们脸色沉重。兰博想起了自己第一次来到这里时开的那次会。他坐在酋长们的对面，转向穆萨说道："再告诉我一遍。"

"他们要离开。"

"为什么？"

"你逼他们的。"

"怎么说？"

"因为他们帮了你的忙，他们知道，当你袭击要塞时，你会让敌人愤怒。"

"但是他们觉得昨天袭击装甲车队不会让敌人愤怒吗？"

"那是战争，袭击要塞是针对个人的。"

"这简直是疯了。"

"阿富汗的战争就是这样。"

"疯了。"

"圣战。他们现在就要走，这是真主的意志。"

哈立德开口说话了："袭击的次数太多了，太密集，敌人会愤怒，到处搜索，在他们找到这个营地之前不会停止。"

穆萨补充道："这些人给你的帮助不只是之前的事，他们给你的最大的帮助，就是让你去找你的朋友。当你袭击要塞之后，他们就知道他们必须离开，寻找下一个家园，但他们没有试图阻止你。”

兰博盯着地面，十分沮丧。他突然明白了。是的，现在一切都说得通了。他一直忙着担心上校，竟然没有理解自己迫使这些人做出了多大的牺牲。他们已经抛弃了多少家园？在这场战争结束之前，他们还要抛弃多少家园？到最后，他们的牺牲会徒劳无功吗？

“告诉他们我很抱歉，如果有其他方法……”兰博的声音因为悲伤而紧张，“我需要救我的朋友。”

阿克拉姆说话了。

“他说他们让你救朋友，是因为你是他们的朋友。”穆萨说。

“谢谢。”

“他说任何不去救自己朋友的人，都不会成为他们的朋友。”

兰博感到说话都有些困难了：“告诉他，就算我们有再多差异，我们也是很相似的，我们做我们需要做的事。”

阿克拉姆又说话了。

“他说你对差异的看法是错误的，你像穆斯林一样思考。”

“那是什么意思？”

“‘我们做我们需要做的事。’他说你相信命运。”

兰博心中一惊，想起陶德曼上次在曼谷和他的对话。

你迷失了，因为你不肯接受，不肯成为你自己。

我为什么要成为我恨的东西？

那不是恨，那是困惑。接受你的命运。我不相信命运。

是的，问题就出在这里。

兰博痛苦地转身看向那座山洞，陶德曼因为失血过多正半死不活地躺在里面。

是我的错。如果我照上校的要求办，如果我和他一起去巴基斯坦，他就不会被抓，他就不会遭受折磨，他就不会被枪打中，他现在就不会躺在那个山洞里，和死亡搏斗。

命运？这就是一切发生的原因，因为我不愿意做那些我的内心知道我需要去做的事。

他向天主教徒、纳瓦霍人、佛教徒和穆斯林的神祈祷，祈求他们保住陶德曼的命。在绝望中寻找着希望，他心想也许穆斯林是对的。所有事情的发生都有目的，每一件事都是安拉的意志这一宏大计划的一部分。已经发生的所有事——他的搜索、他的考验、他对要塞的袭击以及他对陶德曼的救援，有没有可能所有事都是为了某个原因？

但这个原因是什么？重点是什么？当然不能是陶德曼将要死去。不，兰博心想，我不相信这个。

他沮丧地将目光转离山洞，观察起酋长们："他们的命运是什么呢？他们会去什么地方？"

"阿克拉姆说他要把营地搬到西边，搬到敌人们意想不到的地方，继续战斗。"

兰博呼出一口气。这些人的生活如此徒劳无谓，让他感到绝望："没有比这再好的计划了。"

拉希姆突然插嘴。

"他不同意，"穆萨说，"想往北。"

哈立德也插话了。

兰博预料到了穆萨的翻译："我敢打赌他想去另一个方向。"

"南方。"

“他们为什么不全都向东走，去巴基斯坦呢？他们可以在那里休息，补充人手和给养。”

“不，他们说去巴基斯坦是逃离战争，他们要留下来战斗。”

“那他们为什么不团结在一起呢？他们的力量越大，就越有机会打败苏联人。”

“记住我对你说的话，”穆萨回答道，“这是部落组成的国家，所有部落、所有首领都是平等的，所有首领都觉得自己的计划是最好的，所有首领都认为自己知道真主的意志。”

“但是昨天对装甲纵队的袭击说明，他们选择联手合作，效果会非常好。”

“是的，但那不是阿富汗的方式。他们更习惯争吵，去做阿富汗人一千年来一直在做的事。各人有各人的行为方式，各人打各人的仗。”

兰博悲伤地摇摇头。

阿克拉姆说话了。

“他问你现在干什么。”穆萨说。

“希望上校好起来，等到他能够忍受旅途劳顿，我就带他去巴基斯坦。”

阿克拉姆听着，带着宿命论的神情点点头，再次开口说话。

穆萨翻译：“他说，像酋长们一样，你一定会做你认为最好的事。”

“告诉他，我将永远珍视他的友谊。”

酋长们站起身。他们接下来几乎异口同声地说出来的，是兰博听得懂的少数阿富汗短语之一。

兰博用他们的语言重复了一遍：“对，听从真主的旨意。”

酋长们热情地向他告别，走向各自的部落。

"现在我们等着，然后祷告。"穆萨说。

"我们？你确定你想留下来？跟着其中一个部落走吧，我不会因此瞧不起你。"

"这件事是我和你开始的，我要和你完成它。"

"只是让你知道，你可以走，如果……"

穆萨露出被侮辱的表情。

"对不起，我是个无知的外国人，"兰博说，"原谅我。"

"你是朋友，没有我，你找不到回巴基斯坦的路。"

"说实话，如果你走了，我一定会怀念你的。"

# 8

兰博一边让眼睛适应山洞的阴暗，一边朝陶德曼走去。陶德曼粗糙肿胀的脸让他难过。

“他怎么样？”

米歇尔剪开了陶德曼左肩的上衣。她在给伤口消毒，没有抬头。

“子弹打穿了他的身体，中枪位置比较高，没打中心脏和肺，这是好消息。”

“坏消息是什么？”

“他被殴打得很严重，失血太多，我不确定他是不是强悍到能……”

“给他输血。”

“如果我有的话，我会给他输的。”

“输我的血。”

她猛地抬头看了一眼。

“我没有检测血型的设备。”

“我们都是A型血。”

“你确定吗？”

“上校给我输过一次血。”

“不行，你看上去很糟糕。你已经连续36个小时没有睡觉了，鬼知道你上次吃东西是什么时候，你身上都是血，我分不清有多少血是你朋友的，有多少是你的，你这种状况不能给别人输血。”

“准备吧，不然我就自己来了。”

米歇尔打量着他。

“没错，我相信你会这么干。你会让自己陷入险境。”

“准备吧。”

“脱掉你的上衣，洗手，给左臂消消毒，我可不想让血液受到污染。”

她清洁了陶德曼的右臂内侧。

“他旁边的那张桌子，躺上去，我需要你在他上方，利用重力输血。”

兰博迅速照办。

米歇尔从塑料包装里取出两个消过毒的四号针头和导管。她将导管连接在针头上，用一个夹子夹住导管，然后将一根针插入兰博左臂的臂弯处，另一根针插进了陶德曼的右臂，她打开夹紧的夹子。

当鲜血从兰博的手臂流进陶德曼的手臂时，她转向穆萨说道：“给他拿水和一些吃的，他需要保持力气，我最不想要的就是又多了一个病人。”

她用针线缝合陶德曼肩膀上的贯通伤，处理好伤口，扎上绷带，然后给他注射了抗生素。

“我能做的只有这些了，”她对兰博说，“我给他注射的是我在这里最后的药。如果我还不把这个四号针头取出来，你就会成为这里最需要输血的人了。”她夹住导管上的夹子，取下两个针头，“弯起你的胳膊。”

因为陶德曼还昏迷不醒着，米歇尔便为他弯起胳膊，堵住血管上的孔。

兰博喝着穆萨带来的一壶水，吃了个桃子和一碗拌了肉的冷米饭。

肉里有很多软骨，味道有点苦。他没问这是什么肉。

“帮我个忙。”米歇尔说。

“尽管说。”

“看着你的样子让我难受，把你脸上的油和沙子洗掉。”

兰博忍不住大笑起来。

“这是我能找到的最后一件干净的衬衫，”米歇尔说，“之后你就只能在你的污秽里堕落了。什么事这么有趣？”

“没什么，笑的感觉真好，我已经忘了。”

“我也是，好久没笑过了，”她摇了摇头，“我想我已经准备好回家了。”

反抗军战士们走进医务室，将病人们搀扶起来。

“他们在干什么？”兰博问。

“撤走他们的所有人。”

“但是有些病人的状况还不能动啊。”

“我也有同感。阿克拉姆说如果苏联人发现这个山洞，病人都会死。另一方面，他说如果将他们转移到另一个营地，他们还有活下来的一线生机。”

“你对此是什么感受？”

“说实话吗？我见过的死亡太多，现在对任何事都已经麻木了，”米歇尔点燃香烟的手颤抖着，“是的，我猜是时候回家了。”

当兰博站起身时，她发出一句警告：“小心点，头晕吗？”

“不。”

这是谎言。当天旋地转的感觉消失之后，兰博跪在陶德曼旁边。后者肿胀的脸看上去像蜡一样。他观察着陶德曼胸口缓慢的起落，问道：“他会活下来吗？”

米歇尔没有回答。

“告诉我，他活下来的机会有多大？”

惊恐的人声打断了他。

# 9

兰博从山洞里跑出来。

反抗军战士匆忙奔向他们的马。妇女们手忙脚乱地打包好东西。孩子们将山羊和绵羊赶出营地。每个人都在叫喊，他们的声音慌乱极了。

在右边，男人们蹲在一面林木茂盛的悬崖上，从上面可以看到山麓丘陵和山谷。他们咒骂起来，逃向自己的马。

兰博和他们擦肩而过，匆匆跑上悬崖。在他们混乱的声音中，他还是能听见让他们害怕的东西。虽然距离遥远，但这个声音实在是太大了，他不可能听不见它。

他跑到树林。

弯腰。

蹲下。

兰博向前爬行。他在悬崖边缘，朝下面的山麓丘陵望去。空气伴随着远方的轰鸣震荡，轰隆隆的咆哮声来自武装直升机，而兰博从未见过这么多架武装直升机同时出动。他的心脏怦怦直跳。即使在远处，米 -24 带翅膀的剪影仍然显得硕大无朋，10 架、15 架，一直数到 20。在他下面，它们组成巨大的“V”字阵型朝山麓丘陵猛扑过来，然后向左右分散开来。

它们要扫过每一块洼地和每一条山脊，每一片空地和灌木丛，兰博心想。每一架都会被分配到一个网格里，它们会来来回回地进行系统性的搜索。它们会翻遍这片山麓丘陵，它们会搜索群山，它们会再三检查看上去可疑的东西，它们会炸毁一切会动的东西。

远处一架直升机的机头闪烁着火花。兰博听到了机枪开火的哒哒声。烟尘从一面长着树木的山坡上升起。

他转身离开悬崖，跑过树林，直奔之前是营地的地方。大多数反抗军战士已经出发了。哈立德的部落奔向一个方向，拉希姆的部落奔向另一个方向。阿克拉姆向自己的部落发出最后的指示，然后跨上自己的马。他看到兰博便喊了一句，同时用手指着山洞。

兰博不明白："穆萨，他在说什么？"

穆萨直直地望向山谷里咆哮的直升机，听到兰博的问话才转过头来。更多的机枪声传来，一枚火箭弹在遥远的地方爆炸。

"他说直升机射击任何东西，看见山洞会感到怀疑，发射导弹。如果你留下就会死。他想让你和他一起走。"

"我不能！"

阿克拉姆继续呼喊。

"他说武装直升机是从西边来的，现在他不能往那个方向走了。他要往东走，朝巴基斯坦的方向。跟他走，他的人会保护你。"

"我不能离开上校！"

"把上校带上。"

兰博望着这些反抗军伤员，有的是被搀扶着走出山洞的，有的是被抬出来放到马背上的，有的无需帮助也能自己坐在马鞍上，但是有几个伤员非常虚弱，需要有个人在后面抱住他们。

这情形就像在返回这里的漫长途中抱着陶德曼一样。如果我让他再次承受那种处境，兰博心想，他缝合了的伤口又会裂开，他会再次开始流血，他会死的。

“我朋友的状况根本没法骑马！”

在远处低矮的山麓丘陵，直升机继续咆哮，机枪持续不断地开火，又一枚火箭弹爆炸了。

“我们会拖你们的后腿，”兰博说，“仅仅为了救我朋友一个人，我们会连累你们所有人被杀死。不，快走吧，别管我们，快。”

阿克拉姆的黑眼睛闪着沮丧的光，他似乎还要争辩，但是又有一枚火箭弹在下面的山麓丘陵爆炸，然后他点了点头，拨转马头，带领自己的人离开，走的是右边。哈立德的部落已经在那个方向消失了，向南逃去。在左边，拉希姆的部落消失在森林里，他们走的是仅剩的逃生方向，北方。

拔营之后的空地安静得不自然。突然，山麓丘陵又响起更多机枪声，大炮轰鸣。兰博紧张地行动起来，在洞口找到米歇尔。

“别留在这儿，”他对米歇尔说，“骑我的马，你还能追上阿克拉姆。”

“我不会留下我唯一的病人。”

“你做得已经足够了，我接受过医疗训练，现在我来照顾他。”

“如果你受伤了，谁又来照顾你呢？你在战斗的时候怎么照顾你的朋友？我要留下。”

“但是……”

“我绝不抛弃病人！”米歇尔的眼睛蓝得像钢铁，声音锐利得像兰博手中的刀，“我不要像懦夫一样离开阿富汗！”

远处直升机的咆哮让空气抖动起来。更多炮弹在山麓丘陵炸响。

“阿克拉姆是对的，”穆萨说，“直升机会向他们怀疑的任何东西开火。”

兰博仔细观察这片空地。反抗军战士还有他们的马和帐篷，在离开之前都把草压得很低。虽然做饭用的火已经熄灭掩埋了，但是掩盖它们的尘土和石头看上去很可疑。

“还有一件事阿克拉姆也说对了，”兰博说，“当他们看见这个山洞，一定会怀疑里面是不是藏了人，他们会向洞口发射导弹。”

“那怎么办？藏在森林里？”穆萨问道，“我们人这么少，可能不会被发现。”

“我们很快就会吃光食物，到最后我们必须移动，士兵很快就会上来了。”

“你把他们惹恼了，我从没见他们这样愤怒过。”穆萨说。

“是啊，”兰博说，“我肯定把他们气坏了。”

“那我们怎么办？”

“离开。”

穆萨露出震惊的表情。

“但是你对反抗军说你要留下。”

“我是在武装直升机出现之前说的。”

“武装直升机出现之后，你让阿克拉姆离开，别管我们。”

“因为上校。如果我们把他放到马上，他会流血致死。如果我们拖慢了阿克拉姆的部落，他们都会死，这也是我为什么让米歇尔丢下我逃命的原因。为了这个原因，我再次请求你，穆萨，抓住机会和他们一起走吧。”

“抛弃你不管吗？”米歇尔问道，“那你准备怎么办？你要怎样转移他？”

“有办法，但我没时间解释了。”听到山麓丘陵传来更多爆炸声和枪声，兰博抽出刀子，匆忙穿过空地，跑向树林。

“我不会丢下你自己走的。”穆萨说。

“我也不会丢下你自己走的。”米歇尔说。

“那就做好转移上校的准备！”兰博吼道，“穆萨，快！我需要你的帮助！”

# 10

兰博挥舞手中的刀，砍向一棵 2 英寸粗的小树，将它从基部砍断。他将小树丢给穆萨："砍掉分枝和顶端，截短到 12 英尺。"

他在树林里狂乱地搜寻，又找到一棵 2 英寸粗的小树，同样从基部砍断小树，又将它丢给穆萨："我要两根完全一样的杆子。"他砍下许多 1 英寸粗的树枝，削去上面多余的小枝，砍成 4 英尺长。当他弄出 10 根这样的树枝之后，便跑回到穆萨身边。

阿富汗人猜到了他的意图，将树枝横放在两根杆子上。兰博将一根绳子割成一截一截的，每截长 2 英尺，然后单膝跪地，将每根树枝的两头绑在杆子上，穆萨帮着他绑。

"我要相邻树枝的间隔是 8 英寸，"兰博说，"和你手中的刀的刀刃一样长，它们将形成 6 英尺长的支撑面，在杆子一端空出 4 英尺，另一端空出 2 英尺。"

穆萨没有问问题，只是用他最快的速度忙活着。

兰博测试了每一根树枝，都没有松动。汗珠从他脸上滴下，他在额头上绑了一根止汗带。"我们需要在上校的背和这些树枝之间放点柔软的东西。"他砍下一些雪松树枝，将长满针叶的枝条铺在这副担架上，然后将它拖进空地。

直升机的咆哮声从山麓丘陵间升起。

"担架太长，"穆萨指了指 4 英尺长的一端开口和 2 英尺长的另一端开口，“不好抬，砍短点儿，我们照样能抬走你的朋友。”

“如果让我们两个人抬担架，我们就没法足够快地离开这里。”

“不是我们两个抬？”

“对。”

“那——？”

兰博跑去解开他的马，牵马走进空地，用刀子在马鞍两侧各开出一个口子。他匆忙跑回到担架旁，举起开口 4 英尺长的一端，将每根杆子插进在马鞍两侧开出的口子上。他沿着马鞍向前，又在两侧各开出一道口子，然后继续将杆子往前推，直到它们的末端从第二道口子里伸出来。他用一截绳子横着拉过马鞍，再将两根杆子的末端绑在这一截绳子的两头。

直升机的吼叫声更高了。机枪开火的哒哒声也更密集了。

“穆萨，回到悬崖上去，数一数你看见机枪火光和听见枪声中间隔了几秒。”

“但是——”

“别问为什么！照我说的做！”

当穆萨跑开，兰博冲向山洞问道：“米歇尔，他准备好了吗？”

“伤口缝合之后不流血了。他的心跳微弱，但是稳定。他的血压很低，但并没有更糟。”

“抓住他的腿，我来抱他的肩膀。”

两个人小心翼翼，尽量不扯到陶德曼的伤口，把他抬到铺着雪松树枝的担架上。起支撑作用的树枝微微弯曲，但足以承受。

陶德曼呻吟起来。

“抱歉，上校。我不想打扰你，但是我们需要躲开一些愤怒的访客。”

陶德曼眼皮闪动：“约翰？”

“是我，长官。”兰博在陶德曼胸口拉过一根绳子，将他绑在担架上。他将自己的弓和剩余的箭拆散，分别放进固定在腰带上的两个袋子里，然后将自己的步枪兼榴弹发射器塞到担架上的一根绳子下面。

“你在布拉格堡干什么？”

“这里不是布拉格堡，长官。”

兰博听见穆萨从悬崖上跑回来，转过身来。

“机枪的火光闪亮，5 秒钟后，我听到了枪声。”

“如此来说，直升机离我们不远了。它们会花时间来回搜索，确保搜遍每一条山脊和洼地，但是它们会上升得越来越高，他们还要多久——？”山麓丘陵里的一声爆炸打断了他的话。

兰博在骤然翻涌的肾上腺素的作用下，迅速跑到担架放在地上的一端。担架的上端有 4 英尺的开口空间，让杆子能够在马的两侧延伸，固定在马鞍上。但是在这一端，兰博只需要 2 英尺的空间，让自己能站在两根杆子之间就行了。

他弯曲膝盖，抓住杆子向上抬。他的身体颤抖着，膝盖、后背、手臂和肩膀都因重压而痉挛，但他设法站直身体，将担架抬了起来。陶德曼和担架的重量一起通过杆子压在他紧握的手指上，让他肌肉疼痛，肌腱虬结。

“穆萨，牵马！以你最快的速度走！米歇尔，爬上穆萨的马，跟着我们走！让我们离开这里！”

当直升机在山麓丘陵里发出更响的雷鸣般的声音时，他们沿着悬崖急匆匆向右走，钻进了树林。

# 群山

# 1

尽管兰博的额头上缠着布条，汗水还是流下来，刺痛了他的眼睛。担架遮挡了他的视线，让他看不清路。他没注意脚下，被树根绊了一下，差点儿松开紧握杆子的手，心惊肉跳地赶紧恢复了平衡。

穆萨回头看了一眼，皱起眉头。

“继续牵马。”兰博说。

米歇尔骑着马跟在他身后，忧心忡忡地说道：“输血之后你很虚弱。你没有睡觉，几乎没吃东西，还在袭击要塞时受伤了，你的身体不能承受更多压力了。”

“需要承受多少，我的身体就将承受多少。”兰博用手指紧紧握住杆子，更卖力地朝一面长满树木的山坡上爬。

“你会把自己累垮的。”

“我别无选择！”

在他面前，陶德曼神志不清地躺在担架上。每当担架倾斜颠簸，上校的头就会猛地晃动。兰博尽力保持担架的平稳。

“用我骑的这匹马支撑你那头的担架。”米歇尔说。

“信任一匹马就够糟糕了，更别说两匹马了，要是它们受惊脱缰怎么办？”

“我们把缰绳套紧，它们就不会脱缰了。”

“那也不行，”兰博说，“两匹马抬担架，会让转弯和穿越树林更困难。它们会很不灵活，会拖慢我们的速度，没有好处。”

兰博登上一面山坡的顶部。之前他们一直在往南，这是哈立德的部落走的方向。但是现在他看到左边有一条冲沟，它斜向上通往东边白雪皑皑的群山，松软的土壤上有许多马蹄印都转向那个方向。马蹄印表明阿克拉姆不再跟随哈立德的部落，开始率领自己的人马奔向巴基斯坦。

太好了，兰博心想，巴基斯坦。

这可帮了上校的忙。

穆萨牵马沿着那条冲沟指示的方向走，兰博以更大的毅力跟上。在他身后的山麓丘陵，机枪的声音更大了。

他们得有多愤怒啊？兰博心想。如果他们朝所有看上去可疑的东西开火，很快就会用光弹药。

这个想法让他短暂地充满希望，但是他马上被沮丧的感觉淹没了。他告诉自己，敌人可能愤怒，但并不愚蠢。如果他们计划好了要这样射击，武装直升机的运兵舱里装载的就不会是士兵，而是弹药。不是导弹和火箭弹——这些弹药需要在停机坪上从机翼下方安装，但是机枪可以从直升机内部装填子弹。兰博突然意识到自己很少听见导弹和火箭弹的声音。在绝大部分时间里，武装直升机一直在使用机枪，它们会将机翼下的武器留下来对付经过确认的目标，而且除非它们准备了充足的弹药，否则不可能像这样用机枪疯狂地射击。

另一个想法让他更加担忧。这些直升机竟然发现了那么多让它们怀疑的地点，这合理吗？它们当然不需要向每一个可能性极小的藏匿之地射击。

除非……

恐惧让他将杆子抓得更紧了，更加费力地沿着冲沟向上爬。

除非有另一个理由让直升机扫射山麓丘陵。如果它们这样不停地射击，并不是因为有微乎其微的可能打中藏匿在山麓丘陵里的反抗军，而是因为它们想让反抗军恐慌起来，迫使他们跑进更高的群山之中呢？

兰博想起了追捕野鸡野兔的方法。猎人发出噪声惊吓猎物，将猎物往前面赶，直到它逃出隐蔽的地方，跑进开阔地。

我们就是兔子，我们做了苏联人希望我们做的事，我们逃了出来。

但这不是我们的错，我们别无选择，我们不能留在山洞里，直升机会在那里杀死我们。

必须继续前进，不能让直升机看见我们。

“穆萨，走快点儿！”

树林变稀疏了。兰博面对着一片开阔的草地，草地对面还有一些树生长在上面的山坡上，但这些树也稀稀落落的。在更高处，只有光秃秃的岩石通向白雪皑皑的山顶。

“穆萨，我们不能在这片开阔地暴露自己！我们需要在树林里穿行，绕过它！”

兰博忍着疼痛匆忙行动。我们很快就会失去掩护，他心想。

一瞬间更绝望的感觉袭来，他想起了捕猎野兔的一种变通方法：当一个猎人弄出噪声，迫使猎物向前逃跑的时候，另一个猎人会埋伏在猎场的另一端，等待猎物出现。这是我们的处境吗？他心想。不是逃离，而是跑向敌人的枪口？

# 2

扎桑上校站在装甲车和岩壁之间。他本不愿意离开装甲车的保护，但是当它的发动机关闭之后，排风扇就会因电池没电而无法使用。当车里的空气变得更加污浊，烈日让车舱内再也无法令人忍受的时候，他最终还是选择舒适而不是安全。不过他并没有冒多大风险。身处装甲车和岩壁之间，他不可能被狙击手打到。但是他从未这样近距离地接触战斗，这让他感到不安。

但他不允许自己表现出这种不安。当然不能在阿佐夫少校这个懦夫面前表现出来，他正站在附近，面露愁容。也不能让考诺夫中士看出来，后者立正站好，正在等待命令。一个负责指挥的军官需要树立好的榜样。

我要表现出强悍的样子，上校心想，自信，掌控全局。一点小小的风险不算什么，只要能让我离开这个糟糕的国家，我什么都愿意干。

在风暴的掩护下，装甲纵队离开要塞，穿越一个山口，最终来到位于东边群山南侧的这条山谷。到正午时，风停了，尘沙落地，白雪皑皑的山闪着光。

武装直升机在下午 3 点左右展开进攻。扎桑在安全的位置上听着机枪的咆哮，露出了微笑。面对这样组织严密、残酷无情的攻击，叛乱分子一定会惊慌失措。事实上，除了拆掉营地，逃向他们认为不那么危险的地方，他们还有别的选择吗？

扎桑的笑容更明显了。如果叛乱分子朝这个方向逃跑，他派到山麓丘陵的侦察小队会看见他们过来的，那他就命令武装直升机追赶叛乱分子，将他们撵进这条山谷。当他们试图穿过这片山谷平地时，隐藏起来的装甲纵队会把他们轰上天。

另一方面，如果叛乱分子朝相反的方向逃走，逃向北方，那里也有一支装甲纵队隐藏在山谷里，北边的山麓丘陵也有侦察小队在监视。叛乱分子会被直升机追赶，然后被那支装甲纵队消灭。

当然，如果由我的纵队亲自杀死他们，那就更好了，扎桑心想，但是无论哪支装甲纵队得到战斗荣誉，我的计划都会给上级留下深刻印象。

在突然袭来的一瞬间的紧张中，他几乎希望得到战斗荣誉的不要是自己率领的纵队。毕竟，他已经率领纵队来到这里，就得有始有终，领导战斗，至少要靠近战场，而他希望能够避免这样的体验。然而，指挥官必须去做他的职责要求的事。

南边还是北边？会在哪个方向交火？像猜硬币的正反面一样不好说。

别的可能性？他们肯定不会往西跑，那是武装直升机攻击的方向。那他们就只剩一个方向了，向东，去巴基斯坦。但是当地叛乱分子对战争表现出了一种特别的顽固，巴基斯坦意味着撤退，而叛乱分子似乎更愿意当殉教者而不是难民。

不过，他们仍然有可能做出意料不到的选择。如果他们真的向东逃窜，扎桑对他们的追捕将变得困难。该地区的山谷大致呈东西走向，山脉挡住了北边和南边的装甲车，它们不能开进到里面的山口，这让叛乱分子有机会从那里逃脱。

巨大的武装直升机改变了局面。苏联装甲运兵车设计精良，虽然结实强悍，但每辆装甲车的重量只有8吨。它们足够轻，可以用武装直升机空运着翻越山脉，抵达东边的那些山谷，堵住叛乱分子的去路——如果他们出人意料地逃向那里的话。

就像这个懦夫——阿佐夫少校，逃跑会是他的选择。

扎桑朝他走去，怒目圆睁，然后转向考诺夫说道："你很快有机会杀死更多敌人了，中士。"

"是，长官，"这个强壮的光头士兵站得更直了，"我期待与您一起战斗！"

中士紧闭的嘴角露出一抹微笑，但是这抹微笑显示出一丝……

轻蔑?

不可能，中士是尊重和服从的典范，如果他表现出轻蔑，那一定是针对少校的。

一个声音让他转过身来。

一辆坦克打开顶盖，一名负责通讯的军官从里面探出头来报告："上校，直升机请求开始轮换程序。"

"批准。"

扎桑的计划要想成功，这些武装直升机需要持续不断地进攻，不过它们最终会耗尽燃料。为了避免削弱攻势，扎桑制定了一套轮换补给方案，三分之一的直升机先返回基地补充燃油和弹药，当它们再次加入攻击，另外三分之一再返回基地，以此类推，这个方法能够保证扎桑的大部分武装直升机始终在攻击敌人。

我想到了所有细节，他自信满满，现在只是时间问题。

# 3

兰博又绊了一下，失去了平衡。因为害怕摔到陶德曼，他当即双膝跪倒，骤然的冲击让他的两排牙齿猛然撞在一起。

“你需要休息。”米歇尔说。

“天黑了就休息。”他舔了舔干渴的嘴唇，看向身后的落日。它快要落到西面群山的后面去了，并且显得如此巨大，好像充斥着血似的。

陶德曼和担架的重量让兰博两臂生疼。他撑起一条腿，然后是另一条，努力站直身体。肩膀、肘部和手腕的关节绷得紧紧的，让他害怕它们会突然脱臼。

在山麓丘陵，武装直升机仍然在开火。

“我们走吧。”

兰博努力爬上一面更高的山坡。树林变得稀疏，土壤变得更薄，脚下时不时出现大块大块的岩石。他走上一条山脊，提醒其他人在翻越山脊边缘时用突出的大石头藏起自己的身影。他向身后迅速看了一眼，看见一个个小点沿着山麓丘陵分散开来，那是武装直升机。

这些死亡之鸟正在进行全面的搜索，继续残酷无情地朝高处飞，向灌木丛和洼地射击。落日余晖映在它们高速旋转的螺旋桨上，闪闪发光。当夕阳落得更低，闪光消失了。伴随着一股浓烟，一架直升机发射出一枚火箭弹，爆炸的火光掠过树林，一团火球从一面悬崖底部升腾而起。

遥远的距离让兰博无法确定，但他怀疑这枚火箭弹刚刚摧毁了营地和山洞。火焰在树林中扩散，在渐渐加深的暮色中十分明亮。夕阳消失了，在它的余晖下可以看到一团浓密的黄云从一架武装直升机的腹部喷出。黄云迅速扩散，向一条山谷沉降，那是有毒的尘埃。

兰博怒火中烧。毫无疑问，他痛苦地想，他们当然会使用所有能用的武器。

暮色深沉，火光照亮了山麓丘陵，照明弹像钻天的火箭腾空而起，武装直升机上亮起了探照灯，全面扫视其他黑暗模糊的地带。

“你现在可以休息了吗？”穆萨问。

兰博盯着探照灯的方向：“还不行，再翻一道坡。”

米歇尔喃喃自语。

“你说什么？”兰博问。

“你会弄死你自己的。”

“如果这是救活上校的代价……”

在最后一点暗淡的暮色下，兰博爬到一面宽阔的岩架上。他看出周围几乎没有树，只有山石。他又绊了一下，觉得自己该休息了。

他手臂颤抖着放下了担架。当他试图站起来时，却根本没有力气，只得痛苦地向后倾倒在地。

米歇尔从马上跳下来，跪在他身边。

“别管我，快照顾上校。”兰博说。

“但是……”

“照顾上校。”

她抓起医疗包，俯身查看担架上的陶德曼。

在越来越浓重的黑暗中，兰博仰面躺在地上，大口大口地吸进空气，然后集中精神放松自己的肌肉。他慢慢坐了起来，浑身发抖。

米歇尔再次跪到他身边。

“他仍然没有意识，他的呼吸是稳定的，但他的脉搏更弱了。”

“那是最糟的情况吗？”

“我害怕他又开始流血。他在发烧，我们需要让他喝水。”

兰博站起身，晕眩让他的身体摇晃了一下，然后走向陶德曼。

穆萨打开一个军用水壶，倾斜着将壶口对着陶德曼的嘴唇，让水滴进他的嘴里。

但即便在黑暗中，兰博也能看到大部分水从陶德曼嘴里流了出来。

“加把劲儿。上校，你需要喝水。”

穆萨倒下更多水，水再次流了出来。

“上校，醒醒！”兰博说。

陶德曼没有反应。

“醒醒！”

陶德曼呻吟起来，虚弱地抬起一只手，但它又落回到雪松树枝上。

“你能听到我说话吗，上校？你需要喝水。”

“都听——”陶德曼的声音脆弱得像从枯死的树叶之间吹过的微风，“——你的，约翰。”他开始吞咽。

“很好，长官，再喝一点儿。”

陶德曼再次啜饮。

“我梦见……”

“什么，长官？”

“你和我在布拉格堡。”

“这里不是布拉格堡，长官。”

“我第一次见到你的时候。”

“当你开始训练我的时候？我记得。”

“我没给你任何好处，是吗？”陶德曼问。

“是的，长官，你对我很严厉。”

“我不是那个意思，我……”陶德曼咳嗽起来，“创造了你，没给你带来任何好处。”

兰博感到空虚。

“一点儿好处也没有。”陶德曼说。

“别说话了，你需要休息，长官。”

“对不起，约翰。”

兰博的空虚感更深了。

米歇尔将水倒在一方手帕上，擦拭陶德曼的脸，然后将湿润的手帕放在他的额头上。

“马需要粮食和水。”穆萨说。

“而你需要睡眠。”米歇尔告诉兰博。

“以后再说。”

“现在，”米歇尔吐出一口气，摸着他的手说道，“你的手掌一团糟，我要给你的手消毒上绷带。喝点水，吃点东西。”

“我觉得我咽不下去。”

“看在上帝的分儿上，照我说的做。”

他从穆萨的水壶里喝水，咬下一块又干又硬的面包咀嚼着。

山下的黑暗里，探照灯的光柱看上去十分怪异，它们似乎是从虚无之中照射出来，又照射着虚无。机枪的哒哒声似乎也来自虚无。

他转向白雪皑皑的群峰，它们在夜色中泛着银光。

“穆萨，翻过这些山要多久？”

“明天。难啊，要是真主保佑，我们可以在下午晚些时候到达对面的山谷。”

“下午？你打算等到日出再出发吗？”

“得看路上有没有危险。”

“这些武装直升机在朝我们靠近呢，不行，我们今晚就出发。”

“但是你需要睡觉。”米歇尔坚持着。

“如果我们给这些直升机追赶的时间，我就用不着睡觉了，我就死了，你们也都会死。我们现在就出发。”

兰博朝群山望去。阿克拉姆的部落可以走得更快，现在应该已经接近山顶了。他怀疑他们也不会休息。但是拉希姆和哈立德呢？在他们各自的方向，北边和南边，他们设法躲开直升机了吗？

# 4

哈立德小心翼翼地在夜色中潜行，不发出一点儿声音。他经过一片隐蔽的树丛，一点一点地沿着一面斜坡往下挪。他的部落藏在这面南坡的更高处，那里是日落时他们抵达的一条林木葱茏的冲沟。在右边，他听到了直升机的咆哮，看见了它们的探照灯，它们发射的照明弹，还有机枪喷出的火花。不久之前，一些探照灯撤走，由另一些来替换它们。

它们去补充燃料了，哈立德心想，然后继续小心翼翼地往下挪。

这么多武装直升机，实在令人害怕，但也许这就是他们的目的：引起恐慌。苏联人此前从未在一次攻击中调集这么多架直升机。考虑到苏联人的决心，他还能认为只需要沿着群山一侧溜走，躲过苏联人的锋芒就能脱逃了吗？苏联人难道不会预见到这种可能性，在武装直升机左右两侧布下埋伏，等待他上套吗？

哈立德向安拉祈祷。他的人民需要一片乐园。但是如果他不谨慎，如果他不先去前面侦察这片地区，他就是个不称职的首领。幸运的是，他非常清楚该如何领路。

那个美国人救了他女儿的命，哈立德仍然为丢下他感到不光彩。但是那个美国人得到了和他们一起走的选择，但是他拒绝了，因为他得照顾自己的朋友。哈立德尊重友谊的价值，但是他对自己的部落也负有责任，那个美国人只能排在第二位。

别想着那个陌生人了！专心做你正在做的事！

哈立德在夜幕笼罩的树木中曲折穿行，抵达一座悬崖，向下探视。头顶的星辰是安拉在天空中播散的珍宝，而下面的黑暗却是绝对的漆黑一片，是魔鬼的产物。真主的月亮很快就会升起。在它出现在夜空之前，哈立德会一直停留在这座悬崖上休息，他对部落负有的职责也算暂时完成了。

但是，悬崖下面的一个声音让他的胃紧缩起来。这个声音可能来自一块在悬崖边上停留了太长时间终于掉落下去的一块卵石。

这个声音也可能来自一根树枝。它碰撞在树上的一根早就枯死的树枝上，让后者在今晚终于掉落。

但那个声音也可能来自一支碰触到石头的步枪，或者是军用水壶碰触到石头上的声音。

或者是双向无线电台上的开关被拨动的声音。

哈立德调动了自己的所有感官，视觉、味觉、触觉和嗅觉凝聚在一起，加强了听力。

尽管夜晚寒冷，他却出汗了。

他竖起耳朵仔细听。

来了！声音又来了！金属的刮擦声！

这次是低语声！

听不出说的什么！因为说的是俄语！

在黑夜的寂静中，也正因为这样的寂静，这低语声像击掌声一样，直击哈立德的耳膜，这声音告诉他……

苏联人派了侦察队，他们期待我们逃离从西边来的武装直升机，向北或者向南逃，但是不会向东，因为那样就相当于投降。下面，那里是苏联人设的圈套。

他需要从这面悬崖上爬走，返回自己的部落，率领他们奔向唯一可行的方向，前往巴基斯坦。

但是苏联人会不会在那个方向也设下圈套？他们是否认为，因为我的部落从未逃往那个方向，所以我们这次也不会这样呢？

他尽可能安静并迅速地向上爬，穿过这面山坡上看不见的大石头。真主的月亮开始升起，让他能看到这些山石。在安拉的祝福下，越来越亮的光辉引导着他。

# 5

就像兰博之前看到的落日一样，月亮非常大。清澈的天空，再加上阿富汗所处的海拔引起的光的折射，让月亮看起来特别大，仿佛在接近地球。月光让一切都披上一层银色。

兰博抬着担架穿行于岩石之间，它们被蒙上了一层病态的苍白。上面，穆萨和支撑着担架另一端的马看上去像鬼魂似的。陶德曼虽然活着，却像尸体一样灰白。兰博迅速向身后瞥了一眼，看见牵着马的米歇尔也像幽灵一样。下面，死亡之鸟晃动着探照灯的光柱。

他再次调整满是血泡的手中担架的位置，用力向更高处爬去。虽然夜晚很冷，但汗水还是打湿了他的身体。宁静的空气放大了他的靴子踩在石头上的脚步声。石块被马蹄踢动，骨碌碌地从山坡上滚落下去，令人心神不宁。

他爬到更高处，穿过林木线。海拔令呼吸变得困难起来。他的胸膛就像曼谷那家锻造厂里的风箱一样剧烈起伏，但仍然不能满足自己的肺。他感到头晕目眩，胃里一阵难受。

“30 分钟到了。”米歇尔在他身后说。

他点点头。他们已经一致同意，每 30 分钟让陶德曼喝一次水。虽然兰博不愿意停下来休息，但是他愿意停下来做任何有利于陶德曼的事。他放下杆子，按摩酸疼的手臂。穆萨倾斜水壶，将水倒进陶德曼的口中。水顺着陶德曼的下巴淌下来，但他的喉咙在动，他把水咽下去了。

“现在该你喝了。”米歇尔说。

“不渴。”兰博仍然感觉犯恶心。

“只管喝。”

兰博放下水壶之后，米歇尔递给他一大块面包。他咀嚼着，希望自己的胃能承受这些东西。他抬起担架的杆子，感觉到自己的肌腱在抗议，便又往高抬了抬。

他们来到雪线处。空气更冷了。米歇尔在陶德曼身上盖了一条毯子。她将另一条毯子披在兰博肩上，在脖子前面打了个结，再拦腰裹住系上，让毯子从他的背下垂到膝盖。她和穆萨也用毯子裹住自己，然后继续跋涉。寒冷刺痛了兰博的脸和手，一股股白气从他口中呼出。雪又干又硬，当他的靴子踩破雪壳时，下面的粉状雪吱吱作响。积雪越来越厚，漫过他的脚踝、小腿和膝盖。他试图走进穆萨的马踩出来的洞里。

在前面，他看见雪地里有一条很宽的印痕。这条印痕从左下方斜着向右上方延伸。他不确定是什么留下的。走进印痕之中后，他的步子迈得轻松多了。他注意到印痕里有马蹄印，而且很多。他明白过来了，这是阿克拉姆的部落在雪地上踩出来的痕迹。他们的速度更快，现在应该已经在前方数英里之外了，很可能已经翻越山顶，进入了对面的林木线。

祝你们平安，兰博心想。

但是直升机的咆哮让他紧张地意识到另一件事。虽然这条小道能帮上忙，但它也可能带来危险。当武装直升机飞到这个高度时，它们不可能看不见雪地里这么宽的一道印痕，直升机会跟着飞，希望能追上把它弄出来的人马。

他盯着上方的山，月光照出两座山峰，它们之间的马鞍形雪地形成一座山口。

“穆萨，从那儿走可以到我们想去的地方吗？”

“可以，但是很困难。向右走更轻松，通向这条小道前往的山口。”

“我们不能留在这条小道上，武装直升机会跟踪的。”

“我们踩出来的痕迹也会被他们看见。”

“他们会认为这条更宽的小道更重要，他们会将大部分精力投入在上面。我宁愿有一架直升机追赶我们，也不愿意有 20 架一起来。”穆萨留恋地看了一眼被压平的雪，平复情绪，牵马离开这条小道，踏进深厚的雪层，大口大口地喘着气。兰博挣扎着抬起担架。他们向更高处爬去。

## 6

这个士兵冻得发抖，尽管他穿戴着羊毛帽子、手套，穿着大衣，却还是不由自主地颤抖。如果他能喝点儿热的东西，或者走上几步避免自己的肌肉痉挛，他的任务或许还算可以忍受。但事实上，他只能带着冰冷的军用口粮蜷缩在半山腰一块突出的岩架上，痛苦不堪地忍受着。

他嫉妒自己身边的士兵，这里的第二个人正缩在睡袋里打盹，将头藏在睡袋的顶盖下面。1个小时，第一个士兵心想。到时候就该我睡觉了，轮到你来冻冻自己的屁股。

他们从昨天下午开始就待在这里。是一架武装直升机用绞盘和绳子把他们放下来的。他们仔细观察两侧白雪皑皑的山峰，选择了右边半山腰上的这处岩架。岩架是很好的隐藏，而且有利于观察试图翻越山峰的叛乱分子。

但是在日落后，他们发现夜视望远镜在寒冷中冻坏了，它的绿色图像产生了扭曲，而且镜片一直在结霜。有一次，这名士兵眼睛周围的皮肤粘在了取景窗四周冰冷的金属上，将它扯下来时，他将一块皮肤留在了取景窗上，实在是疼极了。

望远镜毫无用处。

这名士兵满心希望能不用吃这次任务的苦，他用无线电向总部报告，解释说没有望远镜，即使有明亮的月光帮忙，他们也看不远。

“留在原地。”这是他得到的回答。

于是他颤抖着，观察自己下面马鞍状的凹陷，等待叫醒搭档，好让自己钻进睡袋打个盹儿。

他迟钝地意识到自己看见下面有动静。他紧张了，兴奋起来。

一个人，一匹马，一副担架，担架上有个人，有个人抬着担架的另一头。还有个人，第二匹马。

士兵伸手去抓自己的双向无线电，想要向总部汇报，但是他突然控制住了自己。即便我报告的时候压低声音，敌人也可能听到，我会失去向他们突然发起攻击的机会。

三个人，再加上一个伤员，这不是总部希望找到的反抗分子的大规模武装力量。

但它确实是个目标。

士兵打开睡袋，将一只戴着手套的手捂在搭档的嘴上。第二个士兵睁开眼睛，吓了一跳。

第一个士兵用手势示意他保持安静，然后指了指下面的山口。第二个士兵点点头，明白了搭档的意思。

他们窥视着下面的人影，第 1 个士兵伸手去拿步枪。

# 7

最困难的部分就要结束了，兰博心想。必须要结束，他不知道自己还能坚持走多远。

为了陶德曼。

永远。

他用力抬起担架，拖着沉重的脚步穿越雪地。他很快就要翻越这条山脊了。翻过去之后，雪坡下面就是岩石和树林，通向另一条山谷，通向温暖。

坚持走啊。

“穆萨，你觉得我们什么时候能……？”

穆萨转身听他说话，然后摔倒在地。

兰博一开始还以为他是没站稳失去了平衡。

但是兰博立刻听到了自动步枪连发的声音，是从右边山峰的半山腰上传过来的。

兰博扔下担架，陶德曼痛苦地呻吟。

“跑，米歇尔！”

兰博抓起之前他塞到担架上的挨着陶德曼的步枪。

米歇尔牵着她的马往前跑。

第二个狙击手开枪了。兰博一个鱼跃从担架旁边跳开，希望分散狙击手的注意力，这样他们就不会朝陶德曼开枪了。兰博知道，只要他们一直连发，自己就有机会。自动武器的后坐力会令步枪向上抬起，让瞄准非常困难，但是如果狙击手改成点射，如果他们计算每一次开枪的距离……

兰博单膝跪地，让自己这个目标变得更小一些，同时将手中的武器抵住肩膀。积雪在他的身边飞溅。

他在瞄准。

支撑陶德曼担架一端的那匹马脱缰逃走了。

兰博开火，但他没有使用步枪，而是榴弹发射器。榴弹在山峰半腰爆炸。在黑暗中，明亮的火焰刺痛了兰博的双眼。虽然敌人枪口的火光提供了目标，但他是在匆忙之下瞄准的，想尽可能快地反击，希望震慑狙击手。他们的确停止了射击，但到底是榴弹击中了附近并迫使他们躲藏起来，还是他们在重新装弹，兰博并不知道。

他更不敢奢望自己已经杀死了他们。

拉着陶德曼担架的那匹马继续奔跑。

兰博为榴弹发射器装弹，再次朝山脊瞄准，上面的步枪噼啪作响。他开火了，榴弹在枪口火光的下面爆炸，山峰上的雪散落下来。

兰博灵机一动，向右扑倒，希望能摆脱狙击手的瞄准。他在地上翻滚，突然再次单膝跪地，装弹，瞄准，射出第三发榴弹。

但他没有朝枪口的火光射，而是朝它们上面射，朝雪墙最高最厚的地方射。

兰博没有等着看结果，他纵身跃起，用疲惫不堪的身体能够唤起的最大力量奔跑。

前面，拉着陶德曼担架的马还在继续逃跑，米歇尔已经跑到了山口末端，她挥舞手臂，想要拦住这头猛冲的牲畜。它转向躲避。米歇尔去拉缰绳，马撞了她一下，逃走了。她被撞得喘不过气来，原地转了个圈，倒在地上。

榴弹爆炸了。那座山隆隆作响，一面巨大的雪墙脱落下来，砸向另一面雪墙，它们又一起砸向第三面雪墙。

兰博奔跑着，看见那匹马拖着担架向下往山口的远端跑去。

陶德曼！

他不知道这一句是自己在心里喊的还是用嘴喊出来的，反正他也不会听到自己的叫喊，跌落的雪引发的轰鸣掩盖了所有其他声音。

他跑到穆萨身边。阿富汗人挣扎着想站起来，雪地上到处都是血。

兰博抓住他的肩膀，把他拉起来。当倾泻而下的雪发出更大的咆哮声，兰博用尽全力搀着穆萨跑向山口末端。

在第三枚榴弹爆炸时，步枪的枪声就停止了。埋伏在那里的狙击手一定惊恐地向上望着从天而降的死神。

兰博拖着穆萨，想象着自己听不到的尖叫声。雪崩砸在狙击手埋伏的岩架上，猛烈的雪瀑漫过岩石，击碎花岗岩，吞没了狙击手，然后继续向下崩落。

兰博赶紧将穆萨朝安全的地方拽。

他的动作不够快。好几道雪流的力量合在一起，一头冲进山口，伴随着汹涌的力量撞在山峰上，激起一团团升腾的雪云。雪崩砸在兰博胸前，力道如此之大，让他确信自己的灵魂离开了身体。

他错了。当雪崩的雷鸣声消失，只剩下自己的耳鸣，他用手抓向埋在脸上的雪，奋力向上，抓住穆萨……

而这次当他大喊时，他知道这一声不是从心里喊出的，而是从嘴巴里喊出的。

脱缰的马。

担架。

“陶德曼！”

在那可怕的一瞬间，他觉得自己回到了沙漠之中，黑风又把他埋在了沙子里。他的嘴巴和鼻孔都被堵上了。他用手扒开沙子，让自己的头伸出来呼吸，把穆萨扒出来。

但现实他不是在沙子里挣扎，这是雪，沙漠的灼热变成了山口令人麻木的寒冷。他猛然回到现实，晃动脑袋，抖落头上的雪，拼命吸入新鲜空气。他抓住穆萨的肩膀，把他从雪里拉出来。兰博大口大口地喘着气，持续不停地拖呀，拽呀。他看见血从穆萨的左腿流出来，于是拉着他走得更快了。

他想停下来喘口气，但是他担心还会来一场雪崩，必须继续走，直到抵达山口的末端。终于到了，他沉重地倒在穆萨身边。

阿富汗人喃喃低语。

“我没听见。”兰博说。他斜着身子凑近，穆萨再次低语，兰博听到了。

“是的，离天国太近了。”兰博说。

米歇尔踉跄着跑向他们。

“你没事吧？”兰博问道。

她握着右臂，疼得龇牙咧嘴：“我被马撞倒了。”

“你的胳膊怎么了？”

“我想是断了。”

兰博垂头丧气，几乎要绝望了。他的负担正在变得难以忍受。

但他不能让自己绝望，要做的事情太多了。他猛然站起，从系在身上的毯子上割下一根布条，把布条绑在穆萨受伤的腿上。他取下穆萨腰带上的刀鞘，刀鞘足够硬，可以用来拧紧布条，对大腿施加压力。他把刀鞘塞进布条下面，旋转起来让布条勒紧，直到穆萨停止流血。他松了口气。

陶德曼。

“我去去就回！”

他站起来时，身体左右摇晃，有那么一会儿，几乎要吐出来了。但是他努力保持住平衡，跑向那面从山口向下的山坡，寻找脱缰的马拖着担架留下的痕迹。那匹马有没有摔下悬崖，带着陶德曼一起？是不是——？

他沿着山坡往下跑了 50 码，找到了担架。它的杆子从马鞍的开口上脱落了，马不见踪影。

但是担架在脱落时翻了过来，陶德曼脸朝下趴着，担架压在他的身上，看着令人心惊。

兰博的喉咙发出动物般的声音。他抓住担架的一侧，将它翻正。将陶德曼绑在担架上的绳子没有松开，他的脸上和胸前都盖着雪，但是右肩膀上的雪是红色的，他又流血了！

陶德曼被雪盖住的眼皮闪动起来。

兰博慌忙擦去他脸上的雪花，清理他的嘴和鼻孔：“上校，挺住！活下去！我马上把你送下山，去温暖的地方！”

兰博转身朝被月光照亮的山坡上跑。一个影影绰绰的东西向他左边移动，是一匹马，米歇尔的马。他谨慎地靠近，害怕它会受惊逃走，然后一把抓住缰绳，牵着它走向山口。

在坡顶，米歇尔抓着受伤的胳膊，坐在穆萨身旁，脸因为疼痛而扭曲。

“穆萨，你能骑马吗？”兰博问道。

穆萨的眼睛紧闭着：“我做我必须做的事。”

兰博又从自己的毯子上割下一根布条。他做了个悬带，轻轻绕过米歇尔的胳膊，然后将悬带绑在她脖子后面。她不停地发抖，直到手臂终于可以放平稳。

“你能走路吗？”兰博问她。

“你听见穆萨说的了，我做我必须做的事。”

兰博亲了一下她的脸颊。

他转向马，在它的马鞍上割出容纳担架杆子的孔。

“你来牵马。”他对米歇尔说。

他拉着穆萨从雪坡上走下来，走到担架旁。他抬起担架的杆子，将它们插进马鞍的孔里，又从马鞍上方拉过来一截绳子，绑在每根杆子的末端，将它们固定住。

他帮助穆萨上马，阿富汗人疼得大喊，兰博害怕他会晕过去。

但是穆萨以坚强的意志撑住了：“走吧。”

米歇尔在前面牵着马，兰博抬起担架的另外一头。当他们走下山坡时，兰博盯着陶德曼流血的肩膀。他的视线模糊起来，一开始他以为这是身体虚弱导致的，但是随后他意识到自己在哭泣。

## 8

扎桑上校被手电筒的光柱照醒了，一只手抓着他的肩膀，轻轻地推他。

“什么事？”上校问道，立刻警觉起来。

“长官，您要求我们随时将侦察小队发现的任何情况告诉您。”

扎桑急忙坐直身体。他刚才睡在装甲车的运兵舱里。

“看见叛乱分子了？”

“没有，长官，算不上看见了。”负责通讯的军官说。

“算不上？什么意思？你大可不必叫醒我，要是——”

“一支侦察小队没有进行每小时一次的汇报，我用无线电联系不到他们。这支小队位于东边的一座山峰上，而直升机报告说雪地上有一条很宽的小道，显然是大队人马踩出来的。这条小道从雪地穿过，通向小队附近的一座山口。”

扎桑的胸膛猛然一紧：“在地图上指给我看。”

通讯军官走到前面的车舱，又返回后面的运兵舱。他铺开一张地图，用手指着。“这里，”他说，“是那个侦察小队监视的山口，再向右半公里的地方，是雪地里的小道通向的山口。”

扎桑全神贯注地观察地图。“两个山口都通向附近的同一条山谷，”他用手指划过这条狭长山谷的轮廓线，“山谷斜向东，而在这里，”

他用手指轻敲地图，“在最远端，只有一个山口可以出去，一旦穿过这个山口，叛乱分子就会到达……？”

“巴基斯坦，长官。”

扎桑猫着腰，准备立刻钻出装甲车：“用无线电通知直升机，我要三分之一的直升机立刻飞往那里。告诉装甲运兵车的车组成员，准备空投。那条山谷，那个东边的山口，如果我能及时封锁那个山口，就能困住叛乱分子！”

# 9

月亮落山了，阿克拉姆借着星光率领自己的部落在东边这条狭长的山谷中穿行。两边陡峭的山坡上森林茂密，但谷底基本上是草地。即便是在夜晚，阿克拉姆也感到十分暴露。他心中感到紧张，催促自己的人快点跟上。

实际上,他们前进的速度快得惊人。他们在下午3点左右离开营地，途中甚至没有停下来祷告，就匆匆爬上了高山。愿安拉理解，阿克拉姆在心中恳求。我们在心中祷告了，但我们不能停下来大声祷告。我们必须逃离武装直升机，我们必须生存下来，才能继续打安拉的战争。一轮明月的光辉已经显示出安拉的理解，它让阿克拉姆的村民能够看清路上的障碍物，在夜幕中继续快速逃走。

孩子们和他们的父亲一起骑在马上。伤员和他们的兄弟们同骑一匹马。妇女们表现出一贯的令人钦佩的忍耐力，紧跟着马匹的步伐。

这趟旅程通常要走两天——包括停下来祷告、进食和睡觉的时间，而这次只用了一个下午和一个不顾一切的夜晚。

谷底开始上升。阿克拉姆来到一片树林边缘，发现了一条猎人走的小径，便指示自己的村民排成一列纵队，沿着小径前进。他穿过树林继续向上爬，前面的群峰在最微弱的光晕中露出剪影，那曙光是即将日出的预兆。他很快来到一片草地，草地中流淌着一条铺满卵石的小溪，然后又进入了另一片树林。山坡向更高处倾斜而上，假曙光让群峰的剪影更加明显，但他四周的黑暗仍然没有退却。他从树林的高处钻出来，面对着一条阴郁、狭窄的岩石冲沟。希望就在眼前，这是通往巴基斯坦的路。

阿克拉姆率领自己精疲力尽的村民向上爬时，突然听到一个遥远的声音，他顿时僵住了。那个微弱的嗡嗡声逐渐变大，变成了许多个轰鸣的咆哮。

武装直升机。他们发现我们了。

他催促自己的人加快步伐，爬到更高处。

但是这轰鸣声没有扑向他，而停留在他的身后，似乎是悬停在这条冲沟底部的小溪和树林上方。他转过身，在黑暗中紧张地看向下面的山谷。探照灯零零星星地亮起，每一个光柱持续 10 秒钟的时间，然后又是黑暗。探照灯在地面上的反光映出武装直升机带有机翼的庞大轮廓，还有别的东西——每一架直升机的肚子下面都吊着一个巨大的物体。

阿克拉姆不确定那个巨大的物体是什么，但是它们凶险的外形让他十分担忧。他用脚踝夹紧马肚子，催促它以最快的速度往上跑。

在冲沟顶部，两侧高耸崎岖的悬崖之间，他看见太阳的金边从更远的山上冒出了头，不禁精神一振。一轮红日将光芒洒向巴基斯坦，阿克拉姆如释重负，轻催坐骑小步走到冲沟顶上，准备率领部落下山。

向着安全。

向着……

那些武装直升机和它们放到地面上的外形凶险的物体让他心忧。

他想到了那个美国人，他丢在身后的那位叼羊大赛冠军。那个战士坚持要和自己受伤的朋友待在一起，不顾武装直升机的突袭，也要保持对同胞的忠诚。

而我却率领我的人走向安全。

我们各自都有责任，我们都做了我们认为正确的事。

但即便如此……

阿克拉姆的担忧加深了。他感受到安拉的意志，由命运驱使着，他命令妇女继续向前，指示孩子们从他们父亲的马鞍上下来。

去吧，和你们的母亲一起，前往巴基斯坦。

他吩咐自己的圣战战士拨转马头，跟着他沿冲沟返回，让灵魂准备好迎接战斗。

# 10

随着气温的升高，兰博麻木的身体渐渐放松。走进山谷后，他痉挛的肌肉也松弛下来，至少是尽可能地松弛下来。他们走到雪线之下，穿过一片乱石遍地的地方，走进树林。

他不再出汗，体内没有水分可以让他出汗了。担架上陶德曼的重量让他弓着腰。他的视野在旋转，不是因为他之前流的泪水，而是因为极度疲倦。不过越来越高的气温多少有些好处，它让兰博的痛苦稍微减轻了一些，给了兰博希望。

或许最糟糕的部分真的已经结束了，他心想。也许他们将顺利逃走。

然后让陶德曼得救。

还要救穆萨。他坐在马背上，身体虚弱地前倾，失血过多让他只能被绑在马鞍上，以防摔下来。

还有米歇尔。她牵马的脚步已经不稳了，脸色像铅一样灰暗，断掉的胳膊肿了起来。

早上的天空明亮清澈，浓密的树林提供了掩护。兰博听见身后的群山之中传来了武装直升机的声音，它们强劲的引擎现在只是轻轻的嗡嗡声。在黎明到来之前，他又听见前面传来其他武装直升机的声音。它们咆哮着进入这条山谷，又飞了出去，然后声音渐渐减弱，直到兰博只能听见一点点。树木将他隐藏在天空之下，同样地，他也无法看到天上的武装直升机。凭飞机的声音判断，搜索的势头正在减弱。看样子在对通向巴基斯坦的冲沟进行最后一次的检查之后，那些武装直升机就离开了。

在他身后的群山中，直升机遥远的嗡嗡声停止了。在前面的山谷中，最后一架直升机的咆哮声也逐渐消失。只剩下微风耳语，马蹄得得，溪流潺潺。

兰博让米歇尔停在小溪边，他也放下担架。眼下的沉默令人不安。

“你觉得他们真的走了吗？”米歇尔问道。

兰博困惑地摇摇头：“他们总不可能一直搜索下去，但我还以为他们会持续得更久一点，也许他们觉得已经追不上我们了，觉得我们已经进入巴基斯坦了。”

“或者他们想让我们这么觉得，”米歇尔疼得龇牙咧嘴，靠在一棵树上，“也许这是个圈套。”

“反正有一点好处，如果他们真的回来，我们会在他们接近之前听到动静。”

兰博跪下来，将脸埋进小溪喝水。溪水像山上的空气一样：清凉、甘甜。他灌满水壶，递给米歇尔。

“不渴。”她说。

“我昨天晚上也是这种感觉，‘只管喝’，这是你说的，现在我原话奉还。”

尽管很痛，米歇尔还是咧嘴笑了出来：“一个医生，还要听病人的嘱咐。”

接下来，兰博又依次将水壶递给陶德曼和穆萨，强迫他们喝水。

陶德曼的伤口已经不流血了，但是他的脸是混凝土似的青灰色，额头更烫了。穆萨也发起了烧，但至少他还是有意识的——尽管不大清醒。

兰博的眼睛因为缺乏睡眠而刺痛。

你这个懒惰的家伙。

他又喝了些水，重新灌满水壶，往嘴里塞了一块面包，然后抬起担架。

## 11

拉希姆看着武装直升机消失在远方。他等待了 5 分钟，然后发出信号，叫他的部落从树林里钻出来。昨天夜里，他的部落试图躲避从西边搜查的武装直升机，跑进了北边的山麓丘陵。他摸黑侦察，几乎就要决定带着自己的人向下进入一条山谷，然而一个预感叫他去查看了一下更低的地方。

安拉提供了支持，真主明亮的月光照射出成群的坦克和装甲运兵车。这是个圈套，拉希姆心想，武装直升机一开始就打算让我们跑向它们的两侧。

在相反的方向，南方，无疑也有坦克和装甲车等着哈立德。拉希姆为哈立德的安全祈祷，然后为自己和自己部落的安全祈祷。既然西边、南边和北边都是威胁，那就只剩下一个方向了，前往巴基斯坦。

现在是早上，他催促自己的部落从树林里钻出来，穿越岩石，跑向雪线。他们来到雪地上一条宽阔的压痕，一定是别的马匹在他们之前沿这里撤退。这是阿克拉姆走的小道，拉希姆断定。他回头扫视身后的天空，唯恐直升机返回。

但是天上空无一物。他经过一条从小道上分出的更小的痕迹，那条痕迹似乎是两匹马和三个步行的人弄出来的。他不明白他们是谁，但是他没有转向那个满是积雪的山口，而是选择了大批人马走过时制造出来的更轻松的路线，然后沿着这条路前往右边的一条冲沟。

拉希姆急匆匆领着自己的人爬上这条冲沟，再下到山的另一边。穿过积雪和岩石，他来到了浓密的树林，他的部落在这里重新集结。

但是有什么东西在树林之中移动。拉希姆举起步枪，发现了目标……然后松开扳机上的手指。

哈立德从树林里走了出来："我在南边发现了一个圈套。"

"北边也有一个。"拉希姆说。

哈立德坚毅地点点头，向东方一指："看来我们到底还是殊途同归了。"

# 12

兰博沿着树林茂密的山坡走下来，终于到达底部。前面的谷底平地是开阔的草地。

“我们不能穿过去，米歇尔。如果直升机回来，会看见我们在开阔地上。”

“那——？”

“在树林里走，绕过山谷。”兰博看见了远处那条翻上去就能通往巴基斯坦的岩石冲沟，“没多远了，”他仔细看着担架说，“上校，能听到我说话吗？我们快到了。”

陶德曼给了他一个惊喜。虽然眼睛闭着而且看上去好像没有意识，但是他虚弱地点了点头。

兰博被希望激励着，开始向前走去。由米歇尔在前面领路，他沿着草地边缘在树林里走。疲劳拖慢了他的速度，他不得不停下，休息了三次。但是1小时后，他来到了山谷的最末端。

米歇尔发现了一条猎人小径，沿着这条小径牵马走进上面的树林。他们来到一片草地，前面是一条小溪，再前面又是一片树林，然后是那条岩石冲沟。

我们做到了！兰博心想。

走到草地中间的时候，兰博带着好奇瞥了一眼上方的冲沟，他加快脚步，却听见发动机突然隆隆作响。

然后他的脚步蹒跚起来。不！

树丛突然动了起来，一排装甲运兵车冲破树枝伪装，伸出大炮瞄准。

不！

绝望感贯穿了全身，兰博意识到试图逃跑毫无意义。大炮会把他炸成碎片，他只能祈祷敌人会大发慈悲，救救陶德曼的命，或许能把他空运到医院去。在痛苦和沮丧中，他放下担架。

然后被一发炮弹掀翻在地。

# 13

大地颤抖。

“停下！”阿佐夫少校大喊。

扎桑上校不理他：“再打！这次往左边打！开炮！”

又一发炮弹射出。一行人旁边的地面炸得翻腾起来。马直立起来。站在前面的人——一个女人——跌跌撞撞地躲开扬起的前蹄，她的右臂挂在胸前，她摔倒了，尖叫起来。

“再打！”扎桑下令，“打他们身后！”

“不！”阿佐夫喊道。

第三发炮弹射出，在那个倒地的美国人后面，草地翻腾。

脱缰的马向前奔跑，绑在马鞍上的一名受伤男子左摇右摆，担架在地上弹起。

“打马的前面！”扎桑下令。

“不！”阿佐夫喊着，“他们不构成威胁！”

一发炮弹打在马前面的地上，将它掀翻。马的一侧重重落地，将受伤男子的腿压在地上，掀翻了身后的担架。

扎桑听到草地上传来更多尖叫声。他对身后阿佐夫愤怒的叫声置之不理，继续命令道：“再打！那个美国人想站起来！打到足够近的地方，把他掀翻！”

“你这混蛋！”

“他们对我做的事，我要让他们付出代价！”扎桑说，“危害我的前途！教训了他们之后，阿佐夫，我就会教训你的！”

又一发炮弹爆炸，更多泥土炸飞，那个美国人第二次倒地。

“机枪！”扎桑下令，“扫射他们的两侧！”

扎桑没有听到机枪声，而是听到了一声清脆的步枪射击声。

离得很近，在他身后。

他惊恐地转身。

阿佐夫少校跌倒在地，额头喷出鲜血，手里握着手枪。他不知什么时候拔出了手枪，枪口对着……

我？扎桑震惊地眨眨眼，然后将凝视的目光转向考诺夫中士，后者用他的 AK-47 将子弹射进了少校的额头。

“中士，你会因此受到嘉奖。”

“我不想要勋章！”考诺夫憎恶地说，“我想要晋升！”

“但那是不可能的，你没有当军官的背景，你肯定明白……”考诺夫的步枪朝上校转过枪口。

“等等！”随着中士的手指贴住步枪扳机，扎桑脱口而出，“当然！如果你想要晋升——！”

一辆装甲车爆炸了。

# 14

兰博再次倒下，但这一次爆炸没有发生在草地上。引起爆炸的不是炮弹，一枚火箭弹从装甲车后面的树林里发射出来，击中了装甲车。爆炸将一辆装甲车的炮塔炸飞了，车里的士兵被炸上了天。

又一枚火箭弹从树林里飞出来。

又一辆装甲车爆炸了。

枪声大作，许多步枪子弹从森林中射出。

当兰博翻滚爬起时，他看见苏军指挥官正在咆哮着向手下发出命令。树林里越来越密的枪击声让这个苏联人吼得更大声了，装甲车的炮塔旋转起来，炮管从草地转向它们后面的树林。

但是太晚了……

第三辆装甲车爆炸燃烧。自动步枪向苏联士兵扫射。随着一门火炮射出反击的炮弹，树木变成了燃烧的碎片。

# 15

阿克拉姆承受着步枪的后坐力，朝自己的人手呼喊，让他们继续开火。他退下弹夹，扔掉，塞进另一只弹夹，然后扣动扳机。

他之前的预感是准确的。他在黎明即将到来之前听到武装直升机的声音，便在那条冲沟的顶部回头往下看，他看见武装直升机将形状凶险的巨大物体放在地上，之后他又回到了这片失控的土地。

但是，与其说这是他的选择，倒不如说这是他的遵从。他难以遏制的冲动是压倒一切的。庞大的直升机放下的东西看上去越来越像是装甲运兵车，如果他们不是在设伏，就不会把它们放下来。是为了埋伏谁呢，他不知道。也许是其他酋长，也许是美国人。无论是谁都不重要，忠诚驱使着他。

还有命运，安拉的意志。

阿克拉姆藏在树林里，等待了一整个早上。透过树枝的缝隙，他看见美国人和他精疲力竭的团队进入一片草地。

苏联人的装甲车猛然冲出伪装，大炮轰鸣，美国人倒下了。阿克拉姆命令自己的人悄悄地继续向下，趁着苏联人分神的时候尽可能靠近他们。

一个战士举起一支苏制手持火箭发射器射出一枚火箭弹，这是阿克拉姆在 2 天前的战斗中缴获的战利品。一辆装甲车爆炸了。

好！阿克拉姆在心里喊了一声。命运！

他继续用自己的步枪开火。完美的地点！完美的时机！

# 16

兰博不知道是谁在发起攻击。他只知道他的胸膛洋溢着希望。我们还有机会！他在山口发生雪崩时就弄丢了步枪，但是他仍然有弓。他将弓组装好，瞄准并发射了一支装有炸药箭头的箭。一群士兵被炸飞了。他射出第二支炸药箭。第三支。更多士兵在咆哮的烈焰和横飞的弹片中被炸飞了。他继续瞄准射击，直到用光所有带炸药箭头的箭。

他冲向陶德曼，将他从担架下面弄出来。他模糊地意识到马死了，穆萨被压在马下，米歇尔躺在附近，失去了意识。他想帮助他们，但他得先救陶德曼。

他来到担架旁，更多枪声让他缩起身子。

但不是更前面的树林里发出的。

而是来自后面的树林，在他身后。兰博猛地转身，眼前是一片骚动的景象，马匹、骑手、高喊安拉名字的圣战战士，斗志昂扬地向前面的战场冲去。他用比他们更大的声音喊了一声安拉，看着他们冲锋。

苏联士兵猛地转向出乎意料的第二波攻击，他们举枪射击，打中了几个冲锋的圣战战士。

一个骑手摔落在兰博身边，他的步枪重重地砸在兰博的靴子上。

兰博抓起步枪，握紧马的缰绳，纵身跳到马鞍上，向前飞奔。

尽管身体已经疲惫至极，他还是稳稳地操起步枪，向装甲纵队持续射击，空弹壳不停从步枪里退出。

哈立德在他的右边，拉希姆在他的左边。他不知道是什么力量把他们带到了这里，但是他崇拜那种力量。他继续射击。

他的弹夹打空了。他扔掉步枪，继续往前冲。强烈的冲动让他拔出了自己的刀。他笔直地向前伸出刀尖，就像握着一柄长剑一样，激励战士们奋勇向前。

装甲运兵车出现在眼前，大部分装甲车现在都成了燃烧的空壳，少数士兵还在顽强抵抗。

敌军指挥官此时发出惊恐的叫喊，拔腿逃命。就是这个狼狈不堪的家伙，刚才还下令向兰博这群人的两翼开炮，想要慢慢折磨这些吃够了苦的人。

兰博用脚后跟踢身下的马，让它超越自己忍耐的极限，飞速跨越小溪……

冲向最左边的装甲车……

飞跃在它上空……

似乎悬停在了半空……

兰博向下扫视……

看见敌军指挥官在下面逃命……

他掷出手中的刀……

刺穿了敌军指挥官的头盖骨。

战马落地时失去了平衡，猛地向旁边一个趔趄，摔倒了。兰博从马上摔了下来，他在地上弹起，翻滚，猛地撞在一棵树上才停下。

兰博觉得不能呼吸了，疼痛攫住了他的胸膛。他猛地倒吸了一口气，每一块肌肉都松懈下来。但是战斗的喧嚣停止了，战斗已经结束。

硝烟、战火和呻吟声围绕在他四周，他挣扎着坐起来。许多圣战战士躺在他周围，都去了安拉许诺的天国。

一个面容乖戾、身材高大的光头苏联士兵站在他面前。他是个中士，手里握着一支步枪，怒气冲冲地看着从上校的头盖骨里伸出的刀。中士斜着看了兰博一眼，似乎准备射击，然后将步枪扔在地上。

“我不明白。”兰博说。

兰博会说俄语，这让中士露出吃惊的表情。

“你为什么不杀了我？”兰博问道。

中士朝上校做了个手势：“这个王八蛋临阵脱逃。我一直都知道，他是个懦夫。我正准备杀了他，他就被你干掉了。”

“但我是你的敌人，你为什么不杀了我？”

“因为生活就是受苦。”中士回答。

兰博瞪大双眼。这些熟悉的字眼让他心惊。他想起曼谷的那座寺庙，感受到佛祖第一条真理的力量：“是的。”

“我以受苦为职业，”苏联中士说，“但那些人以受苦为生活，他们比我强悍，告诉他们我将为他们战斗。”

# 17

兰博爬向担架，挣扎着将它扶正。陶德曼发出一声呻吟，叫兰博松了口气。

“感谢上帝，你还活着，我这就送你去医院，长官。”

陶德曼虚弱地点点头。

战士们抬起死马，将穆萨从马下拖出来。阿富汗人疼得扭动身体，马在倒下时砸在他受伤的腿上，兰博祈祷这条腿没有被砸碎。看到那条腿在动弹，他感到庆幸。

米歇尔恢复了意识，两个圣战战士帮助她站起来。断臂疼得她弯着腰，但是只要有那两个人扶着，至少她能走路。

阿克拉姆走过来，飞快地说着话。

兰博转向米歇尔问道：“我知道你受伤了，我不想麻烦你，但是你能不能告诉我他……”

“他说他的人民将谈论过去的这几天，关于这场战斗和你，谈论一千年。”

兰博感到喉头发紧：“告诉他我永远不会忘记他，不会忘记他的人民和他们的勇敢，我要做我能够做到的一切事情帮助他们。”

阿克拉姆点点头，向兰博致以最尊敬的问候：和他握手。当他再次开口时，语气中充满了担忧。

“他担心那些武装直升机，”米歇尔费力地呼吸着，苍白的脸色令人担忧，“当他们试图用无线电联络这支装甲纵队却得不到应答时，他们就会回来的。”

“但到那时我们已经在巴基斯坦了。”兰博跪在陶德曼身边，“听到了吗，长官？巴基斯坦！我要送你去医院！”

但他不敢蔑视命运：“如果上帝愿意的话。”

当兰博望着通往巴基斯坦的冲沟时，他想起了那个苏联中士说过的话。

生活就是受苦。

我以受苦为职业。

是的，现在一切都清楚了。兰博终于做了陶德曼想要他做的事，他接受了自己的命运。

这个想法让他惊讶。

命运？但命运到底是什么？

答案立刻出现了。虽然他曾痛恨自己，但在上帝安排的命运下，他注定是个战士。只要无辜的人遭受暴行，他就有目标和意义。

去保护弱小。去遭受痛苦，为了其他人不遭受痛苦。

兰博露出微笑，看向那条通往巴基斯坦的冲沟，看向未来和——如果上帝愿意的话——灵魂的救赎。